FOLIO SCIENCE-FICTION

Patrick Marcel

Atlas des brumes et des ombres

Guide de lecture-fantastique

Gallimard

REMERCIEMENTS

L'auteur et l'éditeur tiennent ici à remercier : François Darnaudet et Pierre-Paul Durastanti pour leurs judicieuses suggestions ; Philippe Ward pour « son fils » ; Michel Pagel pour le secours de sa bibliothèque ; Julie Maillard et Gilles Dumay pour leur aide précieuse.

© *Éditions Gallimard, 2002.*

Né en 1956, Patrick Marcel, quand il ne travaille pas pour l'aviation civile, traduit des romans de fantastique et de science-fiction (Hughart, Gaiman, Holdstock, Pratchett...). Longtemps membre de la *British Fantasy Society*, il a participé en tant que chroniqueur ou qu'illustrateur à des revues aussi vénérables que *Yellow Submarine*, *Mater Tenebrarum* ou *A&A*, et a un temps dirigé *Manticora*, une revue consacrée à l'exploration, la présentation et la promotion de toutes les formes du fantastique.

*À l'ombre de Michael McDowell,
dans les brumes de Babylone...*

LIMINAIRE
QUELQUES BORNES

Qu'est-ce que le fantastique ? Nombre d'études ont tenté de cerner ce territoire littéraire[1], et chacune a ses partisans.

Il n'est pas question, dans le cadre de ce guide, de débattre longuement de ce qui constitue l'âme du fantastique. Nous ne retiendrons pas la définition de Todorov, qui limite le genre aux ouvrages où règne une hésitation entre réel et surnaturel : si cette définition convient à certaines œuvres, elle perd vite sa pertinence dans la pratique, et s'avère trop restrictive.

Nous opterons plutôt pour une définition pragmatique : est fantastique *un récit de fiction mettant en jeu des événements surnaturels*. Par *surnaturel*, nous entendons des phénomènes qui contredisent les lois physiques couramment admises dans notre univers. Le surnaturel représente un ajout, une

---

1. Citons notamment *Introduction au fantastique* de Tzvetan Todorov (Points Seuil), l'introduction de Roger Caillois à son *Anthologie du fantastique* (Gallimard), ou *La Littérature fantastique* de Denis Mellier (Le Seuil).

fabrication superposée à la structure de ce monde réel.

Au cours des années soixante-dix, on a discerné au sein de ce fantastique un autre courant, auquel s'est attaché le terme de *fantasy*. Or, en anglais, le terme de *fantasy* recouvre tout le spectre de la littérature du surnaturel, et ses différents sous-genres sont signalés par des qualificatifs — *heroic fantasy* pour les sagas fantastiques qui reprennent la tradition du **Conan** de Robert Howard, *high fantasy* pour les épopées issues de l'exemple de J. R. R. Tolkien, et *dark fantasy* pour l'horreur surnaturelle.

En France, l'usage veut que le fantastique proprement dit se limite à la littérature que Roger Caillois définit comme « une intrusion du surnaturel dans notre monde ». La *fantasy*, elle, regroupe *les fictions dépeignant le surnaturel dans un autre monde matériel que le nôtre*[1], un monde qui présente souvent des disparités radicales avec celui que nous connaissons. Mais il pourra également lui ressembler en surface. Au lecteur de déceler les points de divergence et de juger en fonction d'eux[2]. Dans un roman de *fantasy*, la population

---

1. Dans *Cartographie du merveilleux* (Gallimard, « Folio SF », n° 57), André-François Ruaud emploie des critères légèrement différents. Le lecteur est invité à se reporter à ce volume pour prendre connaissance de cet autre point de vue.
2. C'est souvent le cas, par exemple, pour les contes — chinoiseries, contes orientaux ou contes de fées — qui se déroulent dans des passés sans commune mesure avec la réalité historique.

dans son ensemble admet sans discuter l'existence de la magie, par exemple.

Notons que la *fantasy*, tout comme la science-fiction, aborde plutôt les liens qui unissent l'individu à la société qui l'entoure, tandis que le fantastique traite de problèmes individuels, d'une métaphysique intime de l'individu, de ses rapports avec le réel : la vie, la réalité et la folie, la mort... Il représente un refuge instinctif face à l'angoisse : les populations de jeunes fugueurs qui, à travers les États-Unis, mènent une existence de dénuement et de dangers se sont forgé un panthéon fantastique où les aléas de leur vie s'incarnent en monstres et en créatures surnaturelles qui arpentent leur univers. Incarnations de dangers arbitraires de leur vie, Bloody Mary ou la Dame en bleu offrent l'illusion d'un visage, d'une forme matérielle, maléfique ou consolatrice selon les cas, à des enfants qui ont perdu tout contrôle sur leur existence.

En tant que démarche littéraire, le fantastique peut être exploité dans trois buts différents : la recherche d'un frisson exotique, suscité par la description d'événements clairement étrangers à ce monde ; une certaine distanciation par rapport à notre réalité, le fantastique fonctionnant comme un élément qui permet de considérer la réalité sous un angle nouveau ; et un emploi métaphorique, où le fantastique est la représentation symbolique d'éléments de la réalité consensuelle. Bien sûr, ces trois critères peuvent se mêler dans une œuvre. L'ordre dans lequel nous les citons ne reflète absolument aucune hiérarchie des valeurs.

Bien qu'on emploie souvent un terme pour un autre, rappelons que les domaines du fantastique et de l'horreur ne sont pas interchangeables : l'horreur est un sentiment qu'inspire l'œuvre et, comme l'humour, il peut se décliner dans une foule de genres. Le fantastique est un genre, certes flou, mais qui doit au moins contenir un aspect surnaturel. Un roman comme *Psychose*, de Robert Bloch, appartient au corpus de l'horreur. Il ne contient pas d'élément surnaturel et n'est en aucun cas un texte fantastique. *Le Fantôme des Canterville* d'Oscar Wilde met en scène un personnage surnaturel, le fantôme du titre, mais ne joue nullement sur le registre de l'horreur, s'ingéniant même à le désamorcer systématiquement. Le récit est fantastique, mais n'appartient pas à l'horreur.

Ces quelques définitions sont posées par commodité afin de tracer le cadre général de ce guide et donner au lecteur quelques notions sur les paysages où il va s'enfoncer. On ne doit en aucun cas en espérer un plan cadastral précis. Autant vouloir compartimenter des brumes, ou éclairer des ombres.

UNE HISTOIRE DU FANTASTIQUE

Le surnaturel répond à un besoin spontané de l'âme humaine, celui de combler les interrogations que suscite notre existence par des réponses à notre mesure. Il faut peupler la nuit, meubler l'inconnu, expliquer la vie et la mort, éclairer le parcours qui mène de l'une à l'autre — et au-delà, le cas échéant. Les monstres, le destin, les fantômes représentent les questions que l'homme se posera toujours : les dangers, l'arbitraire et la brièveté de l'existence, les incertitudes du futur et la grande énigme de la mort.

Cette pulsion se retrouve déjà dans l'art préhistorique — un vase exhumé en Perse dépeint un homme aux prises avec un monstre qui tente de boire son sang — et dès les premières fictions écrites, à toutes les latitudes, sous une forme ou une autre.

Le fantastique est la domestication de cet instinct sauvage, le travail artistique de ces productions de l'esprit.

1) Sources et origines

Étymologiquement, le mot grec *phantastikos* désigne une création de l'imagination. L'usage l'a longtemps réservé à des événements d'une ampleur littéralement extraordinaire, pour qualifier peu à peu, par dérivation, des récits mettant en jeu des épisodes prodigieux, irrationnels et surnaturels. C'est avec le romantisme que l'adjectif « fantastique » s'est appliqué à des œuvres dépeignant des événements échappant à l'ordre du rationnel. Mais le genre existait déjà depuis longtemps, sans être nommé pour ce qu'il était.

La difficulté avec les textes anciens, lorsqu'il s'agit de juger lesquels appartiennent bien au fantastique, consiste à établir une ligne de démarcation entre la fiction et des récits se voulant factuels. Ainsi, dès le Ier siècle de notre ère, Pline le Jeune décrit dans sa correspondance l'apparition d'un fantôme, mais il en rend compte comme d'un fait authentique[1]. Il existe pourtant assez tôt des récits de fiction surnaturelle reconnaissables en tant que tels : au IIe siècle, Lucien de Samosate[2] a écrit des

---

1. Le problème se retrouve au fil de l'histoire du genre, et les mêmes réserves s'appliquent à l'érudit chinois Pu Songling, dont les *Contes de l'étrange* (1679) sont présentés comme une relation de faits véritables, ou à un récit écrit par Daniel Defoe, *Madame Veal*, datant de 1706. Mais un doute subsiste sur la part d'appropriation exercée par le chroniqueur et le conteur sur l'anecdote de départ.
2. En qui l'on voit parfois aussi un des pères de la science-fiction, à travers sa *Véritable histoire*.

dialogues où il met en œuvre, dans des buts satiriques, des personnages ou événements surnaturels : Charon quitte ainsi son emploi de nocher sur le Styx pour visiter le monde des mortels et s'étonner de ce qu'il voit, un cordonnier emploie une plume de coq pour se rendre invisible, un malade et ses amis tentent de convaincre un médecin de l'existence du surnaturel en lui contant diverses histoires. À la même époque, Apulée écrit, probablement d'après un récit grec antérieur, *L'Âne d'or*, où l'imprudente curiosité d'un homme lui vaut d'être métamorphosé en âne par les sorcières de Thessalie et de subir mille avanies, d'ordre assez licencieux.

L'avènement de la religion chrétienne en Occident impose graduellement une vision plus manichéenne des mythes. Le foisonnement des *daimons* antiques qui pouvaient être bénéfiques, malveillants ou neutres se réduit pour la religion dominante à des hordes de démons maléfiques. Les anciens cultes sont absorbés, supplantés quand ils sont faibles, adaptés et adoptés quand ils restent puissants. Tradition païenne et dogme chrétien se côtoient ainsi dans la vie quotidienne, pas toujours de façon cohérente, pour donner naissance à de nouveaux mythes ou prolonger les anciens sous des noms d'emprunt. Vampires, loups-garous et lamies poursuivent localement leur longue carrière, tenus désormais en respect par les symboles de la nouvelle religion.

À la tête de cette ménagerie de créatures disparates, le manichéisme de la religion place un Diable puissant et maléfique, antithèse et inversion du

Dieu chrétien. Un Diable qui tire ses attributs variés des religions diverses et des dieux rivaux dont la chrétienté a fait les ennemis : les cornes de bouc, emblèmes de la fertilité, parent le front d'un démon luxurieux, Baal Zebub devient Belzébuth, et, selon certaines interprétations, Mahomet inspire le Baphomet des Templiers.

Dieu est immanent, mais le Diable est partout, sans cesse en quête de malheureux à tromper, guettant la moindre faiblesse pour les tenter ; fabliaux et chansons populaires content la chute des imprudents ou les astuces par lesquelles des paysans madrés flouent le Diable.

D'autres fléaux du temps prennent forme, vers les XIVe et XVe siècles. La mortalité galopante, la crainte de la Peste noire et des épidémies prennent l'aspect d'une Mort qui arpente le monde. Les protagonistes du « Conte du vendeur d'indulgences », dans *Les Contes de Canterbury* (1380) de Geoffrey Chaucer, affrontent une telle personnification de la mort. Mais on retrouve également cette métaphore dans les images de l'époque, notamment dans les gravures et peintures allégoriques de danses macabres, où les morts viennent prendre la main des vivants et les entraîner dans la sarabande.

Même redoutée, la mort demeure l'aboutissement naturel de l'existence humaine. Quiconque réussit à la tromper et à lui échapper devra payer tôt ou tard cette transgression. Dans un même ordre d'idées, certains pécheurs se voient refuser par châtiment cette consolation du trépas. C'est par exemple le cas dans le mythe typiquement chrétien du Juif errant. On peut lui trouver des antécédents païens, notamment Herne le Chasseur, condamné à mener éternellement la Chasse sauvage. Mais cette légende autour d'un Juif du nom d'Ahasuerus qui, pour avoir raillé le Christ ou lui avoir refusé de l'eau sur son chemin de croix, se verra obligé d'attendre le retour du Messie pour espérer connaître le repos apparaît au XIIIe siècle et a suscité nombre d'œuvres, en particulier au XIXe siècle.

Folie du monde, guidé par des passions insensées et des hommes sans sagesse : un thème popularisé par *La Nef des fous* (*Das Narrenschiff*) (1494) de Sebastian Brant, métaphore du monde mené à sa perte par la folie de ses habitants, qui se laissent docilement entraîner vers un destin imprévisible et forcément fatal. On en retrouve l'emploi dans des œuvres plus récentes, comme *Le Grand Escroc* (1857) de Hermann Melville ou *La Nuit de Walpurgis* (1917) de Gustave Meyrink.

Le surnaturel n'investit pas seulement la crainte, mais aussi les espoirs. Il imprègne les premiers balbutiements des sciences appliquées pour promettre la maîtrise de prodiges : l'alchimiste, amalgame de savant, de philosophe et de charlatan, devient une figure qui veut dompter les puissances de la Création, dans sa quête de la pierre philosophale et de l'élixir de longue vie. Que l'un d'eux semble réussir là où tant d'autres ont échoué, et la cause est entendue : il a passé un pacte avec le Malin. Les légendes qui s'accrochent aux prétentions de Nicolas Flamel, Paracelse ou John Dee inspirent et nourrissent le mythe de Faust, quand elles n'altéreront pas rétroactivement la vision d'un Virgile, d'un Apollonios de Tyane ou d'un Bacon[1], changés en magiciens par l'imaginaire populaire, et du dieu grec Hermès, messager divin devenu pour certaines doctrines le fondateur d'une tradition mystique.

Inspiré de la vie d'un astrologue mort vers 1538 à Württemberg, en Allemagne, Faust devient un personnage de fiction à travers le succès du roman de Johann Spies, *Historia von Johann Faustus* (1587), dont Christopher Marlowe, contemporain de John Dee, l'astrologue d'Élisabeth Ire d'Angleterre, s'inspire pour tirer en 1604 sa pièce *Dr Faustus*.

Autre homme puni pour ses péchés, Don Juan, séducteur, assassin et blasphémateur, apparaît chez Tirso de Molina. Son *Abuseur de Séville et le convive de pierre* (1625) connaîtra une descendance prestigieuse, notamment avec le *Dom Juan* de Molière (1665), où le « méchant homme » devient un libertin qui ne croit ni à Dieu ni à Diable.

Le pendant féminin de l'alchimiste ou du sorcier qui a vendu son âme au Diable pour satisfaire ses ambitions en ce monde, c'est la sorcière. Ce personnage est sans doute la descendante de la chamanka, la guérisseuse des sociétés matriarcales primitives, équivalent féminin du chamane. Détentrices du pouvoir de vie et de mort, par leur capa-

---

[1]. Virgile est le poète romain du Ier siècle avant J.-C., auteur de l'*Énéide*; Appolonios était un philosophe grec du Ier siècle après J.-C.; et Roger Bacon, un savant et alchimiste du XIIIe siècle.

cité à donner la vie, les femmes étaient par conséquent dotées de puissance magique, susceptible de s'appliquer également à des fins maléfiques.

On retrouve les sorcières sous diverses formes au cours de l'histoire — elles étaient déjà en Thessalie les figures néfastes de *L'Âne d'or*. Mais c'est à partir du xve siècle qu'éclatent les premiers procès en sorcellerie, qui frappent des adorateurs du Diable. Alors que fleurissent les hérésies, culte du démon et Inquisition sont deux réponses antagonistes aux troubles du temps.

Mais les trois sorcières qui prédiront à Macbeth son avenir, dans la pièce éponyme de William Shakespeare (1605), sont surtout le rappel de la fatidique trinité des Nornes et des Parques antiques, ou des trois visages d'Hécate.

Les sorcières « modernes », quand elles ne sont pas les victimes d'hystéries localisées, accomplissent parfois un office d'empoisonneuses. De célèbres affaires de sorcellerie agiteront tous les niveaux de la société, comme la cour royale, lors de l'affaire des Poisons qui vaudra en 1676 le bûcher à la Brinvilliers.

La chasse aux sorcières atteint son apogée au xviie siècle, période d'hystérie dont les terreurs nourriront nombre de romans fantastiques. Elles constituent déjà le sujet de la pièce de Thomas Shadwell, *The Witches of Lancashire* (1681), basée sur une affaire de sorcellerie qui défraya la chronique en son temps.

Les fantômes, figures tutélaires du fantastique, se rencontrent par exemple dans les pièces de Shakespeare : *Macbeth*, mais aussi *Hamlet* (1601), où le spectre du père errant sur les remparts d'Elseneur inspire la fatale vengeance du jeune prince de Danemark.

La tradition de l'histoire de revenants est vivace dans tous les pays du monde. On rencontre souvent fantômes ou renards protéiformes, au détour des œuvres de la littérature chinoise. Pu Songling, entre autres, a collecté dans ses *Contes de l'étrange* (1679) des anecdotes de rencontres avec des entités surnaturelles, des spectres aux caractéristiques évoquant nos vampires occidentaux. On lit au Japon des contes similaires, issus de la même tradition, et nombre de pièces du Nô se basent sur des arguments fantastiques. Citons le recueil d'histoires fantastiques que réunira Ueda Akinari dans ses *Ugetsu monogatari* (1776)[1] ou, au siècle suivant, les compilations signées par l'écrivain américain Lafcadio Hearn, notamment *Kwaidan* (1887).

2) L'ère du gothique

Vers la fin du XVIIIe siècle, la littérature fantastique commence réellement à se constituer en genre autonome. Quoi de plus naturel, si les ombres sont créées par la montée des Lumières ?

Le XVIIIe siècle a surtout été le temps des contes : Perrault, Mme Leprince de Beaumont ou

---

1. Littéralement «Contes de pluie et de lune». On pourra préférer pour ce titre la traduction qui en fut trouvée pour l'adaptation filmée de Kenji Mizoguchi, *Contes de la lune vague après la pluie* (1953).

Mme d'Aulnoy ont eu de nombreux émules. Mais le terme du siècle voit poindre les premiers frémissements du fantastique. Au-delà des ouvrages dont l'argument fantastique est surtout prétexte à des débordements satiriques, érotiques ou polémiques (comme ces textes de science-fiction embryonnaire où des visites en rêve de l'avenir servaient d'abord à une critique du temps présent), des romans ont des visées véritablement fantastiques : ainsi *Le Diable amoureux* (1772) de Jacques Cazotte, dont le héros est poursuivi par une femme qui se prétend le Diable, ou *Vathek* (1786), écrit directement en français par le scandaleux William Beckford, qui mêle la vogue finissante du conte arabe au thème du pacte avec le Diable.

L'époque voit surtout naître et s'épanouir la littérature gothique, ces romans également qualifiés de frénétiques, des œuvres au climat exacerbé où de virginales héroïnes sont la proie de diverses conspirations à l'intérieur d'un château ancestral sur lequel pèse une malédiction. Le premier véritable représentant de cette mode sera *Le Château d'Otrante* de Horace Walpole (1765), ouvrage renfermant réellement des éléments surnaturels. Ann Radcliffe sera l'auteur à succès du genre, notamment avec ses *Mystères du château d'Udolphe* (1794) ou *L'Italien, ou le confessionnal des pénitents noirs* (1797), qui, comme une majorité de romans gothiques, appartiennent au fantastique expliqué — une étiquette qui est une véritable contradiction dans les termes[1]. *Le Moine* (1796),

1. Ann Radcliffe signera un seul roman véritablement fantastique, son dernier, *Gaston de Blondeville* (1802).

écrit par un autre auteur scandaleux de l'époque, Matthew Gregory Lewis, marque l'apogée des outrances du genre. Et *Melmoth, l'homme errant* (1826), de Charles Mathurin, en jette les derniers feux.

Mais cette veine perdurera longtemps après que la vogue même en aura passé. Au XXe siècle, on applique l'étiquette de « gothique sudiste » à des auteurs aussi variés que William Faulkner, Carson McCullers ou Tennessee Williams. On retrouve dans une partie de leurs œuvres cette hystérie qui couve au sein de grandes familles naufragées d'un glorieux passé, dans le sud des États-Unis.

3) Premiers effrois

Alors même que règne la vogue gothique, apparaissent des textes qui signent l'avènement du romantisme et annoncent déjà le fantastique naissant : le poète Samuel Taylor Coleridge conte en vers, dans *Le Dit du vieux marin* (1798), l'errance d'un matelot maudit pour avoir tué d'une flèche un albatros. Ce motif de l'homme qui erre sans repos, poursuivi par le châtiment de ses transgressions, renouvelle le thème médiéval du Juif errant et l'installe dans un contexte contemporain : peut-être Lord Byron doit-il une partie de sa légende au fait d'incarner si parfaitement ce mythe dans le siècle.

En 1804, le comte Jan Potocki, noble polonais à la biographie foisonnante, ambassadeur, archéologue, aéronaute et grand voyageur, se suicide d'une balle en argent qu'il a lui-même fondue, et abandonne en mourant le texte du *Manuscrit trouvé à Saragosse*. Rédigés directement en français, les fragments de l'œuvre, publiés ou dispersés au fil d'une histoire éditoriale complexe, vont inspirer et alimenter plusieurs copieurs et continuateurs, parmi lesquels Charles Nodier. Les aventures d'Alphonse Van Worden mélangent plusieurs genres, où domine un très beau climat fantastique. Certes, la fin apporte une explication «rationnelle», mais le mal est fait! Pour Neil Gaiman: «*Le Manuscrit trouvé à Saragosse* est un labyrinthe de miroirs, avec une résolution insatisfaisante [...]. Mais avec un tel livre, c'est le voyage qui importe, pas la destination. Et ce voyage-ci est sans équivalent.»

La fin du siècle voit naître le romantisme allemand. Officiellement porté sur les fonts baptismaux en 1798 à Dresde, ce mouvement tend à retrouver les racines spécifiques de la culture germanique, loin de l'influence trop grande de l'étranger, et notamment de la France. On revient vers les contes populaires, à la suite des travaux quasi ethnologiques des frères Grimm sur le patrimoine des conteurs allemands. Goethe reprend en 1808 une légende germanique, celle de *Faust*, pour dépeindre la lutte entre les pulsions nobles et viles de l'homme. Si l'*Ondine* de Friedrich de La Motte-Fouqué, en 1811, s'ancre dans le domaine du conte, *L'Étrange Histoire de Pierre Schlemihl* (1814), d'Adelbert von Chamisso, roman d'un homme qui cède son âme au Diable en échange d'une bourse inépuisable, annonce déjà ce qui fera la spécificité du fantastique.

Autre ouvrage allemand dans la tradition des frères Grimm, le *Gespensterbuch* (1811) de Johann Apel et Friedrich Laun, cherche à rassembler des contes plus noirs et plus terrifiants que ceux des frères Grimm. Son succès lui vaut rapidement des traductions en anglais et en français. La version française, éditée en 1812 sous le titre de *Fantasmagoriana*, au plus fort de la vogue du gothique et du romantisme allemand, incite Byron, Shelley, son épouse et le Dr Polidori à former le projet d'écrire chacun un conte d'horreur. Shelley ne donne pas suite à son impulsion et Byron livre un simple fragment de roman. Mais Mary Shelley signe *Frankenstein, ou le Prométhée moderne* (1818), à la fois roman d'horreur et l'un des ouvrages fondateurs de la science-fiction moderne. Le quatrième larron, le Dr Polidori, écrira *Ernestus Berchtold, ou le nouvel Œdipe* (1819), qui ne marquera guère. Par contre, renvoyé de son poste de secrétaire de Lord Byron, Polidori utilisera le thème du vampire qui figurait au départ dans le fragment de roman de son ancien employeur, et composera *Le Vampyre* (1819), qu'on attribuera d'abord, au grand agacement du poète, à Byron lui-même. Sans doute les parallèles troublants entre le héros, Lord Ruthven, et un certain poète maudit ne sont-ils pas étrangers à la confusion. Longtemps, ce modèle du vampire byronien s'imposera comme la représentation classique du monstre.

En dehors des modes, signalons la parution en 1826 des *Mémoires d'un pécheur justifié* (1824), de

James Hogg. Après quelques ouvrages basés sur les contes populaires de son Écosse natale, Hogg écrit ce roman complexe et subtil sur les confessions d'un homme qui, persuadé que son âme est prédestinée au salut, va se laisser tenter par le Diable.

4) La passion selon E. T. A. Hoffmann

Alors que le mouvement romantique allemand commence à décliner, apparaît E. T. A. Hoffmann.
Né en 1776, Ernst Theodor Amadeus[1] Hoffmann est un enfant prodige qui manifeste un vif talent pour la musique et le dessin. Il entame une carrière de magistrat, devient chef d'orchestre, compose plusieurs opéras dont le plus célèbre est un *Ondine* d'après le conte de La Motte-Fouqué. C'est ensuite qu'il publie ses *Contes à la manière de Callot* (1814), en hommage à Jacques Callot, graveur et peintre nancéien dont les peintures et gravures grotesques enflamment l'imagination de Hoffmann.

Ces contes ne sont plus ceux des frères Grimm, qui se déroulaient dans des royaumes imaginaires. Si Hoffmann reprend le terme allemand de *Märchen*, appliqué d'ordinaire aux contes de fées, ses nouvelles implantent leurs événements extraordinaires dans un quotidien vraisemblable, dans une

---

1. Son troisième prénom était en fait Wilhelm, mais son adoration pour Mozart l'a poussé à changer pour cet Amadeus.

réalité que reconnaissent ses lecteurs. Les châteaux croulants du gothique cèdent la place aux villes de son temps, et le héros, par hasard ou à dessein, croise la route du Diable et de ses élixirs, de l'homme au sable et des poupées presque humaines. Hoffmann mêle à la narration même des suggestions de musique, créant une ambiance lyrique qui exalte encore la puissance de ses visions.

Pour accentuer cette impression de réalisme, Hoffmann cultive l'ambiguïté : ce héros qui dit « je », aux intérêts tellement proches de ceux de l'auteur, ne serait-ce pas l'auteur, justement ? En 1881, une cinquantaine d'années après la parution des *Contes* en français, dans la traduction de François-Adolphe Loève-Veimars, l'identification de l'écrivain avec ses héros demeure telle que l'opéra d'Offenbach, *Les Contes d'Hoffmann*, fera de l'écrivain le héros de ses propres nouvelles, l'amoureux d'Olympia, Antonia et Giulietta.

Hoffmann n'aura pas des émules qu'en France, il essaimera aussi en Russie, notamment. Nicolas Gogol (« La nuit de la Saint-Jean »), Alexandre Pouchkine (« La dame de pique ») ou Boris Lermontov (« Le démon », « Tamara ») ont visiblement été marqués par sa lecture.

5) Le romantisme français

Les œuvres de Hoffmann arrivent en France à la fin du mouvement romantique allemand, que les Français n'ont que peu connu. Il a fallu que Mme de Staël écrive *De l'Allemagne* (1813) pour que l'on s'intéresse ici à Goethe ou Heine. Mais Nodier, ce polygraphe vibrionnant, s'enthousiasme pour Hoffmann et s'en fait l'écho auprès de la jeune garde française.

Le fantastique se retrouve en parfaite adéquation avec le romantisme français. Un mouvement qui sent les pulsions de son âme s'exprimer dans les déchaînements de la Nature ne peut que s'enthousiasmer à l'idée de pousser cet élan jusqu'à la sur-Nature. La France voit ses jeunes-turcs taquiner Satan. De 1819 à 1848, chacun publie son œuvre : Charles Nodier, irrépressible dilettante, avec *Smarra* (1821) ou *Trilby* (1822), dont les lutins et fées restent encore proches des contes traditionnels. Balzac à ses débuts signe plusieurs textes fantastiques : un *Élixir de longue vie* en 1830, ainsi qu'un *Jésus-Christ en Flandre* et, avant son *Melmoth réconcilié* qui poursuit en 1835 l'œuvre de Mathurin, un roman majeur, lui aussi d'argument fantastique : *La Peau de chagrin* (1831). Un jeune homme pauvre reçoit en héritage un morceau de peau et découvre que l'objet exauce ses vœux. Mais à chaque vœu, la peau de chagrin rétrécit. Quand elle aura disparu, il mourra. Gérard de Nerval, traducteur prodige, à dix-neuf ans, du *Faust* de Goethe (auquel celui-ci donnera une deuxième partie en 1832), signe des contes fantastiques, dont *La Main de gloire* (1832), ainsi que des œuvres plus longues, fiévreuses, comme *Les Filles du feu* (1854) et *Aurélia* (1855). Théophile Gautier écrit en 1836 *La Morte amoureuse*, où la belle Clarimonde est une femme vampire, et diverses nouvelles fantastiques, d'inspiration malicieuse et souvent galante. Prosper Mérimée écrit en 1837 «La Vénus d'Ille», court récit sur une statue ancienne et maléfique. Alexandre Dumas attendra 1849 pour signer le foisonnement de récits des *Mille et un fantômes* et 1857 pour *Le Meneur de loups*.

Malgré tout, la contribution du romantisme français au fantastique se place dans un registre mineur : soit qu'elle ait été le fait d'auteurs honorables mais de second plan, soit qu'elle ait constitué la part mineure d'une œuvre majeure. Ainsi Honoré de Balzac... ou Victor Hugo ; si le grand homme a cédé en poésie à des épopées fantastiques plus proches de la *fantasy*, comme son poème inachevé, *La Fin de Satan* (1860), ou certaines parties de *La Légende des siècles* (1859), le fantastique pur reste absent de son œuvre, sinon pour de brefs éclairs dans *Les Orientales* (1829) ou *Les Contemplations* (1856).

Au même moment, le fantastique apparaît dans les feuilletons ou la littérature populaire : Eugène Sue écrit en 1844-1845 un *Juif errant* qui dépeint le personnage titre et Hérodiade dans un cadre contemporain ; Paul Féval signe *Le Chevalier Ténèbre* (1860) et *La Ville vampire* (1875) ; le duo d'auteurs Erckmann-Chatrian publie *Contes fantastiques* (1847) et *Hugues le Loup* (1876). Pourtant, le fantastique ne remporte pas vraiment un succès populaire décisif et demeure marginal. Nécessités d'une construction qui, pour le feuilleton surtout, s'accommode encore mal de la suggestion fantastique ? Concurrence trop forte d'un autre genre populaire, les feuilletons à rebondissements comme *Les Mystères de Paris* (1842-1843), *Rocambole* (1857-1870) ou *Les Habits noirs* (1863-1875) ? Ou s'agit-il d'une résistance du légendaire esprit cartésien français ?

6) Ombres d'Amérique

Par leur population d'émigrés venus d'Allemagne, de Hollande et d'Angleterre, les États-Unis ont été perméables à l'influence du romantisme allemand. Washington Irving transplante dans le Nouveau Monde les contes de l'Ancien et tente de créer un légendaire américain. On reconnaît aisément l'ascendant des frères Grimm dans les lutins de « Rip van Winkle » (1819), un peu moins dans sa « Légende du Val Dormant[1] » (1820).

Charles Brockden Brown écrit en 1798 son roman le plus connu, *Wieland* : des voix désincarnées y poussent son héros à assassiner sa famille. Au-delà de ce roman, d'ailleurs non fantastique comme le reste de ses écrits, Brown exerce une puissante influence par sa façon d'évoquer, à travers des paysages américains, ruraux ou urbains, une atmosphère hallucinée, très proche du fantastique.

Nathaniel Hawthorne suit les traces de Brown, et réussit à acclimater pleinement le sentiment gothique à l'Amérique du Nord, en puisant dans la fantasmatique d'une période de formation du pays — l'époque de la chasse aux sorcières où les

---

[1]. Inspiration du *Sleepy Hollow* de Tim Burton, au cinéma.

frayeurs puritaines se sont donné libre cours jusqu'à l'hystérie. Il emploie ce cadre puissant dans plusieurs romans non fantastiques comme *La Lettre écarlate* (1850) ou *La Maison aux sept pignons* (1851), mais surtout dans des nouvelles (réunies en 1846 dans le recueil *Mosses from an Old Manse*), dont la plus connue demeure «Le jeune maître Brown», cauchemar paranoïaque où un jeune homme découvre avec horreur le véritable visage de la douillette et aimable communauté où il vit.

Hawthorne ouvre la voie au grand auteur d'horreur que sera Edgar Allan Poe. Dès sa première nouvelle, «Metzengerstein» (1831), Poe s'inscrit d'emblée dans les traditions du gothique et du romantisme allemand, mais ne tarde pas à recadrer la peur qui imprègne ses récits, dans une démarche plus psychologique : «La terreur, dit-il, ne vient pas d'Allemagne, elle vient de l'âme.»

Cet écrivain à l'existence tragique voulait être connu pour sa poésie. Il en publie trois volumes entre 1827 et 1831, dans l'indifférence quasi générale. Ce sont ses nouvelles qui lui vaudront la renommée. Si peu d'entre elles sont effectivement fantastiques («Le Masque de la Mort Rouge», «Ligeia», pour citer les plus connues), elles ont exercé une influence déterminante sur le fantastique noir et l'horreur. La combinaison de folie et de logique, souvent relevée d'humour noir, qui anime ses contes, l'ambiance italianisante, évocatrice d'une *commedia dell'arte* ténébreuse, font basculer l'œuvre dans un grotesque terrible, et vont durablement marquer les auteurs qui vont le suivre.

En France, il est traduit dès 1853 mais bénéficie en 1856 et 1857 d'un texte français de Charles Baudelaire. Le fantastique expliqué du « Double assassinat rue Morgue » enracine le roman policier en littérature ; on pressent Jules Verne dans ses **Voyages extraordinaires** — que ce soient « Descente dans le Maelström », ou *Les Aventures d'Arthur Gordon Pym* (1850), auxquelles Verne donnera une suite non fantastique, *Le Sphinx des glaces* (1897) ; on perçoit déjà Villiers de L'Isle-Adam ou Maupassant dans « Le puits et le pendule » (1842) ou « Le cœur révélateur » (1843).

Sa gloire européenne — posthume, puisqu'il meurt en 1849 — lui vaudra en retour le succès américain. Un succès prudent, toutefois ; un peu réticent. T. S. Eliot, Américain d'origine, dit de lui : « Si nous examinons de près son œuvre, nous ne semblons y trouver rien qu'une écriture maladroite, une pensée puérile que ne soutiennent ni vaste érudition ni profonde philosophie, des tentatives incertaines dans différents types d'écriture, principalement sous la pression des besoins financiers, sans perfection dans aucun détail[1]. »

Pourtant, son premier recueil de nouvelles, *Tales of the Grotesque and Arabesque* (1840), est toujours resté disponible depuis sa parution. Et on ne saurait mesurer entièrement l'influence qu'aura Poe sur ceux qui viendront après lui. Elle s'étend à travers le temps et l'espace ; jusqu'au Japon, où l'un des plus grands écrivains de littérature policière et populaire de l'entre-deux-guerres (auteur

---

1. T. S. Eliot, « From Poe to Valéry », essai.

notamment de *L'Île panorama* en 1927 ou de nouvelles recueillies dans *La Chambre rouge*), qui signera quelques contes fantastiques, prendra en hommage à son illustre modèle le pseudonyme homophone Edogawa Ranpo.

7) Maupassant et la fin du siècle en France

Grâce à la traduction de Baudelaire, Poe remporte un gros succès auprès des poètes français : Baudelaire lui-même, bien entendu, mais aussi Arthur Rimbaud, Stéphane Mallarmé ou Paul Valéry. Mais sa prose a autant marqué les prosateurs de la deuxième moitié du siècle que celle de Hoffmann vingt ans plus tôt. Le plus visiblement influencé, c'est Villiers de L'Isle-Adam, dont les *Contes cruels* (1883) comportent plusieurs nouvelles dont l'origine se retrouve aisément chez l'Américain ; ainsi « La torture par l'espérance » reste-t-elle tellement proche dans l'esprit du « Puits et le pendule » de Poe qu'une adaptation en court métrage de Jan Svankmajer en 1983 les unira toutes deux fort bien.

On sent également l'héritage de Poe chez Maupassant. Serait-ce une fascination pour les dérèglements de conduite dont l'Américain se fait le chantre, le goût d'un esthétisme pervers communiqué au Français par une rencontre avec le poète anglais décadent Charles Swinburne ?

Par le style, le naturalisme de Maupassant est bien éloigné des maniérismes de Poe. Et si l'on détecte souvent un humour dur chez le Français, c'est pour masquer une évidente tendresse, une émotion moins pudique chez l'Américain. Mais on retrouve souvent chez Maupassant cette hantise du double, intériorisée d'une façon qui évoque le démon de la perversité de Poe : « On dirait un autre être enfermé en moi, qui veut sans cesse s'échapper, agir malgré moi, qui s'agite, me ronge, m'épuise » (« Un fou ? », 1884). Cette thématique du double joue également sur la folie, pour culminer avec le chef-d'œuvre qu'est « Le Horla » dont la seconde version trouble autant par sa puissance d'évocation que par le vertigineux effet autobiographique qu'elle contient. L'ambiguïté joue sur deux plans, inspirant au lecteur des doutes sur la fiabilité du narrateur et de l'auteur. Maupassant en était visiblement conscient puisque, ayant achevé « Le Horla », il déclara à son valet : « Avant huit jours, vous verrez que tous les journaux publieront que je suis fou. »

Une grande part des contes fantastiques de Maupassant se situe dans un cadre campagnard, qui préserve une solitude, un mystère propices aux apparitions et aux égarements : « À mesure que l'on lève les voiles de l'inconnu, on dépeuple l'imagination des hommes. » Commencée dans un compartiment de train, lieu prosaïque s'il en est, la nouvelle « La peur » introduit le frisson à la faveur d'un aperçu fugace sur une scène étrange, au sein d'une forêt traversée.

Si cet enracinement des contes dans un milieu rural est dû en grande partie aux origines de Maupassant, c'est également un retour aux sources du conte fantastique, qui s'était éloigné de ses origines populaires depuis la vogue du gothique. Rehaussée par la sobriété de style de Maupassant et par son réalisme, souvent considéré à l'époque comme de la trivialité, cette implantation rurale poursuit également la voie ouverte par George Sand plus tôt dans le siècle. Si Sand n'a pas écrit d'œuvres à proprement parler fantastiques, elle entretient dans ses romans campagnards une atmosphère propice — le seul titre de *La Mare au diable* (1846) le laisse assez entendre. Ce retour aux traditions paysannes donnera de belles pages du fantastique français, au siècle suivant, avec Marcel Aymé ou Claude Seignolle.

La fin du XIXe siècle en France voit éclore un morcellement de mouvements, unis spirituellement sous la revendication diffuse d'un esthétisme décadent. Mais ni ces mouvements ni la vogue occultiste simultanée n'inspirent d'œuvre fantastique vraiment marquante, même si l'on peut évoquer les nouvelles et contes de Remy de Gourmont, de Jean Lorrain, ou de Marcel Schwob. Toutefois, quelques romans laisseront une trace : *Là-bas* (1891) de J.-K. Huysmans, par exemple, ou *Les Diaboliques* (1875) de Barbey d'Aurevilly, dont la cruauté contient une partie des germes de l'horreur psychologique moderne, qui se développeront à travers le Grand-Guignol et des auteurs tels que Maurice Level (dont une pièce fut tirée de sa *Malle sanglante* en 1916).

8) Victoria et ses fantômes

L'Angleterre a bien assimilé l'héritage gothique et celui du romantisme allemand. Si la veine pure du gothique s'épuise vers les années 1820 — *Northanger Abbey* (1818) de Jane Austen parodie les conventions du genre —, l'impulsion ethnologique du romantisme allemand, qui avait poussé les frères Grimm à collecter les contes populaires, devient en Angleterre une tendance à collecter les histoires de fantômes. Un de ces collecteurs sera d'ailleurs ce James Hogg que nous avons déjà évoqué. La mode inspire l'écriture de nouvelles qui reprennent sous une forme romancée des affaires réelles de maisons hantées.

Un nouvel auteur va donner à l'imaginaire victorien de toutes nouvelles bases.

Lorsque Charles Dickens publie *Oliver Twist*, en 1838, la reine Victoria est montée sur le trône depuis un an. Durant son règne, qui se prolongera jusqu'aux premiers jours du XXe siècle, l'empire va croître et prospérer, jusqu'à atteindre des sommets de puissance politique et économique. Au centre de cet empire prodigieux, à la fois tête et cœur du Commonwealth, se trouve Londres, la capitale, la plus grande ville du monde.

Dickens en sera le chantre qui lui donnera un statut de personnage à part entière, la décrivant sous des abords tantôt hostiles et pernicieux, tantôt bienveillants, associant les quartiers en une géographie littéraire jalonnée de personnages puissants qui captivent l'imagination des foules : on connaît l'anecdote célèbre de cette foule, sur les quais de New York, hélant le bateau de la poste en provenance d'Angleterre pour savoir avant tout le monde si la petite Nell du *Magasin d'antiquités* (1848) était morte. Les personnages de Dickens ancrent Londres dans l'imaginaire collectif, et en font l'un des grands lieux du rêve, au même titre que la Bagdad de Haroun al-Rashid. D'autres parachèveront cet ouvrage, Robert Louis Stevenson avec Jeckyll et Hyde ou ses *Nouvelles Mille et Une Nuits* (1882-1885), et Arthur Conan Doyle avec **Sherlock Holmes**, mais les fondations de ce fantastique urbain bien particulier ont été posées par Dickens.

Dickens suscite un engouement énorme, ses lecteurs suivent avec passion ses feuilletons. Il crée des albums de Noël, dans lesquels il publie des contes adaptés à l'occasion. En plusieurs occasions, ces contes sont des histoires fantastiques, des histoires de fantômes. Ses deux nouvelles les plus connues dans ce genre sont «Le signaleur» (1886), où le fantôme apparaît dans un tunnel de chemin de fer, site éminemment moderne, et le classique absolu que représente «Un conte de Noël» (1843), histoire de la rédemption de l'avare Ebenezzer Scrooge après la visite de trois spectres, durant la nuit de Noël. Une histoire qui suscitera une horde d'hommages, de copies, de citations et de parodies. L'extraordinaire popularité de Dickens va lancer une vague de disciples ou d'imitateurs, et la nouvelle fantastique, en Angleterre, va trouver naturellement sa place dans les revues de l'époque, aux côtés de récits plus réalistes.

Parmi les auteurs importants, rangeons également Edward Bulwer-Lytton. Surtout connu de nos jours par son roman historique *Les Derniers Jours de Pompéi* (1834), Bulwer-Lytton a signé une nouvelle racontant une enquête dans une maison hantée, « La maison aux esprits » (1859). Inspiré par des événements authentiques, le texte assigne des causes occultes à ces phénomènes surnaturels, les parant ainsi d'une aura moderniste et initiant le divorce avec les fantômes gothiques. Passionné par l'occultisme, les rose-croix et le spiritisme, Bulwer-Lytton a également écrit un roman, *Zanoni* (1845), dont l'idée et la structure lui vinrent en rêve : l'histoire d'un initié immortel qui se sacrifiera par amour. Cette modernisation des thèmes n'est pas générale : Wilkie Collins, surtout connu pour l'apport qu'ont représenté ses romans *La Dame en blanc* (1860) et *La Pierre de lune* (1868) au roman policier, a également signé des ouvrages mettant en jeu des incidents de prédestination, des prémonitions — *Monkton le Fou* (1855) —, tout en conservant l'essentiel des maniérismes du gothique.

Entre ces deux auteurs représentant deux tendances concurrentes de l'histoire de fantômes, Joseph Sheridan Le Fanu va réconcilier dans ses nouvelles une psychologie puissante et une tendance gothique marquée par des protagonistes de familles décadentes accablés par le poids de fautes antérieures. Si les romans de Le Fanu ne sont pas à proprement parler fantastiques, en dépit d'une atmosphère souvent pesante, ses nouvelles sont des chefs-d'œuvre du genre (« Schalken le peintre »). Ses fantômes sont souvent originaux (« Thé vert » met en scène le spectre d'un singe) et son « Carmilla » (1872) est le premier texte à décrire un vampire convaincant, la belle Carmilla, dont les attentions pour son innocente proie contiennent plus qu'une suggestion de lesbianisme.

9) L'heure des fantômes

La période qui s'étend de 1870 à 1910 est généralement considérée comme l'âge d'or de l'histoire de fantômes. Le genre attire nombre d'auteurs féminins : des personnalités littéraires connues, comme Elizabeth Gaskell ou George Eliot, et d'autres restées surtout à la postérité pour leurs histoires de fantômes, comme Vernon Lee ou Edith Nesbit (qui compte aussi à son actif une importante production d'excellents livres fantastiques pour enfants).

Les fantômes demeurent cependant assez classiques. « Le Horla » de Maupassant n'a pas d'équivalent anglais, l'aspect psychologique des spectres reste lié à des histoires ancrées dans la tradition. Alors que finit le siècle, quelques signes indiquent que le genre commence à s'essouffler, à se répéter : d'abord, l'apparition de parodies, dont la plus connue est sans doute *Le Fantôme des Canterville* (1891) d'Oscar Wilde, qui taquine aimablement les clichés de l'histoire traditionnelle, tout en préservant une certaine émotion. D'autres thèmes commencent à connaître la faveur du public :

d'autres créatures surnaturelles, comme les vampires, ou les détectives du surnaturel. Si la forme traditionnelle de l'histoire de fantômes réussit à survivre, c'est grâce au rajeunissement que lui apporte en 1904 Montague Rhodes James, avec ses *Ghost Stories of an Antiquary*. Écrites par cet érudit professeur de Cambridge pour le plaisir de ses amis, généralement à l'occasion de Noël, les nouvelles de James s'enracinent dans des sites chargés d'histoire, monuments, objets au lourd passé. Mais ses fantômes ne sont pas des spectres orthodoxes, ce sont des présences terrifiantes, des animaux ou des démons, loin des clichés en vigueur. On peut trouver des citations ou des réminiscences de James chez de nombreux auteurs, jusque chez Fritz Leiber ou Stephen King.

La vogue de l'occultisme conduit certains auteurs à lui consacrer des nouvelles — ainsi « L'entonnoir de cuir » d'Arthur Conan Doyle (1922). Également passionnés d'occultisme, Algernon Blackwood et Arthur Machen, qui furent tous deux membres d'une société secrète, ont écrit des histoires de fantômes dans cette veine. Citons aussi la belle nouvelle de Robert Hichens, « Comment le professeur Guildea rencontra l'amour » (1900), où un professeur misanthrope subit les attentions amoureuses d'une présence invisible qui représente tout ce qui lui est le plus odieux.

Mais c'est surtout la veine psychologique qui va imprimer à l'histoire de fantômes une nouvelle et intéressante direction. L'auteur le plus lié à ce genre de contes est Henry James. Cet Américain établi en Angleterre a écrit nombre de nouvelles de fantômes, souvent de facture assez classique. Mais son chef-d'œuvre demeure *Le Tour d'écrou* (1898), histoire profondément troublante : James laisse planer pour le lecteur des doutes sérieux sur la fiabilité de la narratrice. Y a-t-il eu spectres ou hystérie ? L'incertitude subsiste au terme de la lecture.

Après une époque de répit, l'histoire de fantômes connaîtra une deuxième phase de succès durant la période de besoin spirituel qui suit la Première Guerre mondiale. Profondément affecté par l'ampleur du carnage, le pays se cherche des motifs de consolation, parfois jusqu'à l'absurde. En témoigne l'affaire des fées de Cottingley. Deux enfants affirment avoir photographié des fées, et présentent les clichés. Le pays se passionne pour leurs affirmations, Conan Doyle lui-même, durement éprouvé par la perte de son fils durant la guerre, défendra farouchement l'authenticité de ces images[1]. Il s'agissait évidemment d'une supercherie. Dans ce climat, l'occultisme connaît un regain, et les histoires de fantômes reviennent sur le devant de la scène. Des écrivains de grand talent s'y adonnent, conférant au genre un prestige qu'il a conservé à ce jour. Parmi les auteurs importants de cette époque, citons Oliver Onions, qui associe étroitement psychologie et hantise. Sa nouvelle la plus connue, « The Beckoning Fair One » (1911), dépeint un homme pris au piège d'une présence invisible,

---

1. L'enquête du père de Sherlock Holmes a fait l'objet d'un livre, *Les fées sont parmi nous — une enquête inédite* (Lattès, 1997).

une femme jalouse dont la seule manifestation est le bruit d'un peigne passant sur de longs cheveux. Évoquons aussi la pièce *Mary Rose* (1920) de James M. Barrie, émouvante histoire d'une femme prise au piège sur une île, retrouvée après bien des années sans qu'elle ait changé. La pièce s'achève sur le fantôme de Mary Rose, ancré irrémédiablement dans ce passé disparu à son insu. D'autres auteurs comme Walter de la Mare, E. F. Benson, L. P. Hartley, Marjorie Bowen exercent leur talent dans ce domaine. Lady Cynthia Asquith dirigera une anthologie de textes ambitieux, *The Ghost Book* (1926). Treize volumes seront publiés jusqu'en 1977, sous différentes supervisions.

10) L'empire assiégé

L'Angleterre victorienne, nous l'avons dit, se trouve au faîte de sa puissance, et tient des pays immenses sous sa domination. Mais cette puissance a son revers. Les peuples dominés ne goûtent pas tous cette situation. Victoria devra affronter des révoltes locales — les Cipayes, la guerre des Boers — et l'empire se grise de frissons exotiques.

Les premiers sont inspirés par le mystère de paysages inconnus ou lointains. C'est le cas des nouvelles de William Hope Hogdson qui, marqué par le pénible souvenir de son passage dans la marine marchande, dépeint une mer d'angoisses et de cauchemars, un monde foncièrement étranger et hostile pour l'homme. Il développera cette thématique dans des nouvelles, dont la plus saisissante est probablement « La chose dans les algues », terrible évocation du sort de naufragés qui ont accosté sur une île désolée, où pousse un étrange champignon gris. Deux romans puiseront leur inspiration à la même source : *Les Canots du Glen Carrig* (1907), odyssée de naufragés à la dérive sur des océans hostiles, et *Les Pirates fantômes* (1909), qui conte la traque d'un navire par un vaisseau fantôme. Moins effroyable, même s'il signe quelques histoires de fantômes, Rudyard Kipling situera dans les colonies certains contes fantastiques : « La marque de la bête », qui dépeint la vengeance du dieu Hanuman contre un sacrilège ; « La légion perdue » où les Anglais sont aidés par une armée fantôme contre les Afghans. La patte de singe de la nouvelle éponyme de W. W. Jacobs, en 1902, vient également des Indes, où un fakir l'a dotée du dangereux pouvoir d'accorder trois vœux. Mais le péril vient de tous les continents : en témoigne la nouvelle plus tardive de l'Américain Edward Lucas White, « Lukundoo » (1927), qui donne de la rencontre entre Stanley et Livingstone une vision d'horreur, à travers la vengeance effroyable d'un sorcier africain contre un imprudent explorateur.

Afrique, toujours : depuis la campagne d'Égypte de Napoléon et les découvertes de Jean-François Champollion, l'Égypte est à la mode par intermittence[1]. On l'a déjà constaté en France, où Gautier

---

1. Curieusement, dans le déferlement d'égyptomanie qui va suivre la découverte de la tombe de Toutankhamon par Carter et Carnavon, on trouvera assez peu de réactions en littérature fantastique, comme si la réalité et les chimères

en a tiré ses œuvres fantastiques les plus célèbres, comme son *Roman de la momie* (1863). Au XIXe siècle, l'Égypte appartient à la Couronne britannique, et son histoire se voit traitée tantôt avec curiosité, tantôt avec indifférence. On cite le cas de ce train qui circule en utilisant pour combustible les milliers de momies de chats retrouvées dans les tombes, et des momies sont couramment achetées par des curieux et expédiées en Angleterre. C'est cet état de choses qui inspire à Conan Doyle sa célèbre nouvelle « Lot n° 249 », où un étudiant britannique découvre avec horreur que son voisin de résidence a tiré de son sommeil une momie égyptienne pour commettre ses forfaits. De façon assez amusante de nos jours, le héros se scandalise moins de la profanation de la sépulture que du fait qu'un Britannique se mêle des magies morbides de ces peuples étrangers. Une autre nouvelle de Doyle, sur des thèmes proches, « The Ring of Toth », inspirera le film de Karl Freund *La Momie* (1932).

Résurrection de momie égyptienne, également, dans *Le Joyau des sept étoiles* (1903) de Bram Stoker — dont le dernier chapitre, jugé trop dérangeant, fut réécrit pour la deuxième édition. Dans *Le Scarabée* (1897) de Richard Marsh, un mystérieux et redoutable personnage venu d'Égypte n'hésitera pas à poursuivre de sa vengeance un personnage haut placé de l'empire.

Signalons aussi à titre de curiosité qu'un des

---

forgées par la presse sur la « malédiction des Pharaons » avaient suffi à contenter le besoin de fiction des lecteurs.

« méchants » les plus célèbres de la littérature populaire venait peut-être aussi du pays des Pharaons. Bien que toujours présenté comme un Chinois, ce que soulignait encore son nom, Fu Manchu est montré au fil des romans de son créateur, Sax Rohmer, comme un quasi-immortel soutenu par son *elixir vitae*[1], l'hypothèse d'une lointaine origine égyptienne étant même suggérée.

Si toutes ces œuvres voient à des degrés divers un danger potentiel en dehors des frontières de l'empire, il est des auteurs pour dénoncer la politique colonialiste de l'Angleterre vis-à-vis des pays qu'elle tient sous sa coupe. Par le biais de la science-fiction, H. G. Wells, dans *La Guerre des mondes* (1898), exerce contre le Royaume-Uni le choc des civilisations qu'ont subi les Indes au cours de leur conquête. C'est dans un état d'esprit similaire que Bram Stoker avait écrit *Dracula* l'année précédente. Alain Pozzuoli y voit, de façon intéressante, une métaphore de la vampirisation de son Irlande natale par l'Angleterre, un procédé que Stoker a déjà employé dans sa nouvelle « Le géant invisible[2] ».

---

1. Inspirés du Moriarty de Conan Doyle, les génies du Mal sont fréquents à l'époque. Fu Manchu combine le machiavélisme et le péril venu d'ailleurs, mais signalons en passant un autre grand criminel, le Dr Nikola de l'Australien Guy Boothby, prêt à tout pour acquérir le secret de l'immortalité, dans *Dr Nikola* (1895).
2. *Le Géant invisible*, Mille et Une Nuits, 2001.

11) Corps et âmes

Si tous ces dangers extérieurs peuvent terrifier, ils ne sont rien face à la vraie menace, la menace de l'intérieur. Dans la société victorienne, l'apparence compte par-dessus tout, et celui qui ferait fi des convenances se verrait mis au ban de la société.

Lorsque paraît, en 1886, *L'Étrange Cas du Dr Jeckyll et de Mr Hyde* de Robert Louis Stevenson, l'auteur et critique Andrew Lang constate que plutôt que ce double intérieur maléfique qu'est Hyde, « nous accueillerions volontiers un spectre, une goule ou même un vampire ». Hyde est la nature bestiale de l'homme, une version plus riche d'interprétations que le loup-garou dont il est le descendant spirituel, et le couple qu'il forme avec le bon Dr Jeckyll est en fait la personnification d'une société puritaine et vénale qui entretient sa bonne conscience par l'exercice de la charité publique. Quelques années plus tard, le scandaleux Oscar Wilde œuvrera dans la même veine avec *Le Portrait de Dorian Gray* (1891). Le tableau, chef-d'œuvre d'un peintre inspiré, accumule sur lui la corruption de son modèle, laissant celui-ci préserver la jeunesse et la beauté de son apparence. Dans un registre plus léger, F. Anstey signe une série de livres de fantastique comique, dont le plus connu est son premier, *Vice Versâ* (1882), où un père et un fils qui envient respectivement leur état réciproque ont le désagrément d'échanger leur place et de découvrir l'envers des apparences.

Un autre de ses romans, *The Brass Bottle* (1900), place son héros dans une très embarrassante situation lorsque le génie de la bouteille qu'évoque le titre le comble de présents. Edith Nesbit traitera d'un thème très proche dans son roman pour enfants *Five Children and It* (1902) : découvrant un Psammead, un génie des sables, cinq enfants en obtiennent la réalisation d'un souhait quotidien jusqu'au coucher de soleil. Bien vite, ils vont découvrir que les souhaits classiques leur valent plus d'ennuis que d'avantages : la possession d'or leur vaut des regards soupçonneux, et celle de la beauté, de ne plus être reconnus par leurs propres parents.

Toutes ces inquiétudes victoriennes sur les potentialités maléfiques enfouies en chacun trouveront une confirmation deux ans après la parution de *L'Étrange Cas du Dr Jeckyll et de Mr Hyde* : les sinistres exploits de Jack l'Éventreur semblent concrétiser la métaphore de Hyde, par la sauvagerie de ses actes et sa disparition inexpliquée. Tout se passe comme si Jack représentait la matérialisation de pulsions cachées, qui se seraient fondues dans l'inconscient collectif, après leur passage à l'acte. Comble d'infortune, dès le début du siècle suivant, les théories de Sigmund Freud vont conforter ces prémonitions victoriennes.

Dans ce contexte, l'ordre des choses, la réalité peuvent être bouleversés. Dans *Le Nommé Jeudi* (1908), Gilbert K. Chesterton imagine un monde où Dieu lui-même libère des pulsions maléfiques. Le sous-titre le rappelle : il ne s'agit que d'un cauchemar. Pourtant, l'inquiétude est bien là. Pour ramener les choses à la normale, Chesterton emploiera le père Brown, petit ecclésiastique confiant en la bonté de Dieu, dont la clairvoyance au cours de ses enquêtes permet de déjouer l'apparente invasion du chaos et du surnaturel.

Le refuge contre ces pulsions bestiales semble se trouver dans la pureté de l'âme. La vogue de l'occultisme et du spiritisme veut explorer cette voie. La théosophie a été fondée en 1875, principalement par Helena Blavatsky. Sa doctrine est que le gouvernement secret du monde repose aux mains de Maîtres cachés, installés en plein Tibet. Construite à partir de fragments disparates pillés dans toutes les doctrines et religions du monde, la théosophie a fasciné nombre d'auteurs fantastiques, mais plutôt dans le domaine de la *fantasy*. La Golden Dawn, par contre — ou Ordre hermétique de la Golden Dawn, pour employer le nom dans son entier —, s'était donné pour objectif l'étude des sciences occultes et de la magie. Fondé en 1888, l'ordre devait compter dans ses rangs, en plus d'anciens théosophes, plusieurs auteurs importants, comme le poète William Butler Yeats, et, dans le genre fantastique, Arthur Machen, Algernon Blackwood, A. E. Waite et Dion Fortune, qui se servirent de leur expérience dans l'ordre pour certaines de leurs œuvres. Le mage sataniste Aleister Crowley entra à la Golden Dawn en 1898 et l'on s'entend à juger qu'il a été l'artisan de son effondrement. L'influence de cette société secrète s'est fait sentir dans certaines nouvelles de Blackwood, dont «The Human Chord» ou d'autres, du cycle de **John Silence** ou son roman *Julius LeVal-*

lon (1916). Machen, par contre, avait écrit ses nouvelles les plus marquantes avant d'entrer dans l'ordre. Ayant signé à ses débuts des histoires de fantômes dans l'esprit du mouvement décadent, cet auteur chercha souvent à exprimer sa conviction que se côtoient plusieurs niveaux de conscience, d'existence — de réalité, pour tout dire. C'est le thème de sa célèbre nouvelle, « Le Grand Dieu Pan » (1890), où une malheureuse, après avoir subi une opération chirurgicale, perçoit une tout autre réalité, et a la vision de ce qui est peut-être le Diable. Sur le mode mineur, cette thématique apparaît dans *Les Trois Imposteurs* (1895), où des gentlemen échangent des histoires imbriquées rapportant leurs témoignages sur l'existence du petit peuple. Pendant la Première Guerre mondiale, Machen écrit une nouvelle, « The Bowmen » (1914), dans laquelle il imagine saint Michel et ses anges venir prêter main-forte aux troupes britanniques lors d'une bataille à Mons. Arrivant dans un contexte où la pulsion mystique est très forte, cette nouvelle reçoit un accueil considérable et s'attire même un abondant courrier de confirmation, signé de soldats qui jurent avoir assisté au miracle des anges de Mons !

Dans un autre registre, plus panthéiste, Algernon Blackwood inscrit ses phénomènes indéfinissables et transcendants dans le cadre de la nature. Ainsi « Les saules », qui place un nœud de forces mystiques au creux d'un site sauvage en vallée du Danube, ou « Le Wendigo », situé dans les grandes forêts canadiennes. Blackwood a également un autre titre de gloire, celui d'avoir créé un des premiers véritables détectives de l'occulte et popularisé un nouveau genre d'histoires fantastiques.

12) Les chasseurs d'angoisses

Ce goût de l'époque pour le mysticisme va paradoxalement de pair avec la volonté de classifier, de théoriser. Dans le domaine plus réaliste de la criminologie, cela donne en France les travaux de Bertillon sur les empreintes digitales, ou les excès de la phrénologie, cette pseudo-science qui prétendait lire la personnalité des individus dans les creux et les bosses du crâne. Mais ce sera au Royaume-Uni que, par une extrapolation confinant au merveilleux, cette volonté de classement et de déchiffrage appliquée au domaine de la criminologie inspirera en partie le personnage de Sherlock Holmes.

Une même volonté de connaissance, d'explication préside à l'instauration de la théosophie et du spiritisme, et, en 1882, de la Society for Psychical Research (SPR) qui veut étudier les phénomènes paranormaux et les hantises avec un esprit ouvert et une rigueur scientifique. Cette démarche inspire aux auteurs des textes en conformité avec les théories et les règles de ces deux doctrines. L'élan aboutit de façon assez logique à une contrepartie surnaturelle de Sherlock Holmes, le détective de l'occulte.

Le lointain ancêtre de ce personnage est le démonologue — et à un moindre degré, son équivalent, l'angélologue. Ces érudits dressaient des généalogies et des hiérarchies des hordes célestes, en en répertoriant les divers attributs, juridictions et pouvoirs. Ses prédécesseurs plus proches sont le docteur Hesselius du « Carmilla » de Le Fanu, et sa réplique très fidèle, le Dr Van Helsing, dans le *Dracula* de Bram Stoker. Citons aussi dans ces brouillons le John Bell de L. T. Meade, un enquêteur qui se spécialise dans la dénonciation des supercheries. Le détective de l'occulte a accumulé au fil des ans, parfois grâce à une initiation spéciale, de vastes connaissances pratiques sur l'autre monde et ses manifestations en celui-ci. Il est le personnage vers lequel se tournent les gens persécutés par des phénomènes qui échappent à la compétence des médecins et enquêteurs plus prosaïques.

Le premier véritable détective de l'occulte est un certain Flaxman Low, créé par E. et H. Heron. Ses enquêtes cherchent à se parer d'un climat d'authenticité en reprenant des affaires répertoriées par la SPR, illustrées de photographies des lieux. Elles rencontrent un excellent accueil auprès du public, qui va largement se confirmer lorsque Algernon Blackwood écrit les nouvelles du cycle de **John Silence**, un expert en sciences occultes, dont les affaires traitent de cas de possession — de personnes ou de lieux. Un succès tel, conforté par une importante campagne publicitaire, qu'il assura le confort financier de l'écrivain.

Le successeur immédiat de John Silence, écrit pour tirer profit de son succès, est Carnacki, création de William Hope Hodgson. Carnacki, « enquêteur psychique », emploie autant des instruments scientifiques, souvent de son invention, que ses connaissances occultes — qui se traduisent par des paroles magiques et des appels à des puissances supérieures. Le genre du détective de l'occulte va proliférer, pour des raisons évidentes : le personnage permet à la fois d'introduire facilement des phénomènes surnaturels, et d'entretenir la sympathie du lecteur pour un personnage central récurrent. Citons brièvement, parmi les détectives les plus connus, pour eux-mêmes ou pour leurs créateurs :

• Moris Klaw, détective des rêves, créé par Sax Rohmer, le « père » de Fu Manchu. Aidé par sa belle et énigmatique fille Isis, Klaw résolvait ses affaires en dormant sur les lieux des événements surnaturels.

• Le Dr Taverner, imaginé par Dion Fortune, est nourri des expériences de cette autrice au sein de la Golden Dawn. Utilisant les « plans intérieurs » pour porter secours à ses clients contre possessions ou vampires, le Dr Taverner est une transposition du Dr Moriarty (sans rapport avec l'ennemi juré de Sherlock Holmes !), le maître de Fortune à la Golden Dawn, l'autrice se représentant dans le rôle de l'assistant de Taverner, Rhodes.

• Jules de Grandin, enquêteur français qui fera les délices des lecteurs de la revue *Weird Tales*, et dont les exclamations *en français dans le texte* inventées par son créateur, Seabury Quinn, en feront le charme assez décalé. « Par la barbe d'un bouc vert ! »

• Le duc de Richleau, adversaire juré du satanisme — « l'ennemi mortel de l'Humanité » — qui

vécut plusieurs aventures sous la plume de Dennis Wheatley.
- John Thunstone de Manly Wade Wellman, où, à l'instar du cycle des aventures du musicien errant John the Balladeer, l'auteur mettra à contribution ses immenses connaissances en matière de folklore américain.
- Lucius Leffing, détective de l'occulte en province, nostalgique passionné par l'ère victorienne, inventé par Joseph Payne Brennan.
- David Ash, créé par James Herbert, enquêteur sceptique mis en scène dans ses romans *Dis-moi qui tu hantes* et *La Conspiration des fantômes*.
- Mongo le Magnifique, un nain, ancien artiste de cirque et professeur de criminologie, que son créateur, George C. Chesbro, plonge dans des affaires relevant tantôt de la science-fiction et tantôt du fantastique (*Une affaire de sorciers*, 1979).

De nos jours encore, si l'âge d'or des détectives de l'occulte est passé, le genre connaît encore une certaine vigueur — en particulier, à la télévision avec la série *Kolchak — dossiers brûlants*, initialement basée sur des scénarios de Richard Matheson, et avec sa descendante directe, *X-Files*, dans laquelle les agents spéciaux du FBI Fox Mulder et Dana Scully délaissent souvent les soucoupes volantes pour traiter d'affaires surnaturelles.

13) Ombres en creux

Alors que le XIXe siècle prend fin, le fantastique s'est acclimaté aux États-Unis, mais ne semble guère inspirer les auteurs. Le pays se remet de la terrible épreuve de la guerre de Sécession — sans doute l'horreur n'est-elle pas à l'ordre du jour.

Directement issu de la guerre de Sécession, où il a servi, et qui n'a pas peu contribué à former son point de vue amer et désabusé sur les États-Unis, Ambrose Bierce est sans doute l'auteur majeur du genre. Pleines d'ironie mordante, ses histoires de fantômes se caractérisent par des fins abruptes et noires. Mark Twain, autre humoriste sarcastique de l'époque, écrira peu de textes fantastiques. Citons « L'étranger mystérieux » (1922), dans laquelle Dieu en personne vient visiter l'Autriche durant l'hiver 1590.

Une nouvelle de *fantasy* de Bierce, « Un habitant de Carcosa », aura une longue descendance. En effet, elle inspire en partie Robert Chambers, écrivain à succès, pour un recueil de nouvelles publié en 1895 et intitulé *Le Roi de jaune vêtu*. Les quatre premières nouvelles, fantastiques, sont liées entre elles par les allusions qu'elles contiennent à un ouvrage mystérieux, le texte d'une pièce en vers intitulée elle aussi *Le Roi de jaune vêtu*, située dans la ville de Carcosa inventée par Bierce. La lecture de l'ouvrage entraîne la folie ou la mort.

Bien qu'il ait écrit d'autres textes fantastiques, comme *Le Faiseur de lunes* (1896), par exemple, *Le Roi de jaune vêtu* demeure le chef-d'œuvre de Chambers. H. P. Lovecraft aimait beaucoup cet auteur, et s'inspirera de sa pièce maléfique pour imaginer son *Necronomicon*, le livre maudit de l'Arabe dément Abdul Alhazred. Chambers influencera aussi Karl Edward Wagner pour une de ses nouvelles et pour le nom de sa maison d'édition, Carcosa.

Les autres auteurs fantastiques américains importants de l'époque sont des exilés. Nous avons déjà évoqué Henry James, Américain installé en Angleterre, et sa contribution capitale au genre de l'histoire de fantômes.

F. Marion Crawford voyage beaucoup, en Inde entre autres, avant de se fixer en Italie. Il signera nombre de romans populaires dont l'exotisme se nourrira de ses expériences à l'étranger, et quelques nouvelles fantastiques puissantes et sobres, réunies en 1911 dans le recueil *Wandering Ghosts*. Son seul roman fantastique, *La Sorcière de Prague* (1891), mêle à l'hypnotisme le thème de la femme fatale.

Nous rangerons parmi ces exilés américains Lafcadio Hearn. Né en Grèce, élevé en Angleterre, il veut s'établir aux États-Unis, où il exerce les professions de journaliste et de traducteur, notamment de Théophile Gautier — sans grand succès. N'ayant pas réussi son intégration, après un séjour de sept ans à La Nouvelle-Orléans, il part en Martinique, puis découvre le Japon. Séduit par le pays, il s'y installe, obtenant même la nationalité japonaise. Il publie de nombreux livres sur le Japon et quelques recueils de légendes, principalement japonaises, bien qu'il ait consacré un volume aux Antilles. Ses nouvelles sont des contes et des légendes revisités, et peuvent se ranger selon les cas en *fantasy* ou en fantastique. L'écriture de Hearn possède une grâce sobre qui donne à ses œuvres énormément de charme.

14) Descartes encerclé

Au milieu des divers mouvements esthétiques qui agitent la France de la fin du XIXe siècle, on découvre Jules Verne et ses très scientifiques ***Voyages extraordinaires*** ; on fait la connaissance de Herbert George Wells et de ses visions étonnantes mais rationalisées (*La Machine à explorer le temps* en 1895 ou *Les Premiers Hommes dans la lune* en 1901). Séduits par ce nouveau genre de récit qui emploie la science pour soutenir l'imagination, les auteurs français commencent à s'intéresser à ce qui va devenir la science-fiction. La transition sera graduelle ; les auteurs eux-mêmes estiment encore qu'ils écrivent du fantastique. J.-H. Rosny Aîné déclare : « Je suis le seul en France qui ait donné, avec *Les Xipéhuz*, un fantastique nouveau, c'est-à-dire en dehors de l'humanité. » Ce « merveilleux scientifique » séduit. Les auteurs recourent encore au fantastique, mais sous une forme hétérogène, un étrange composite de science et de magie. La période renferme naturellement les germes de ce qui fera un jour le charme de la Fusion[1].

Gaston Leroux a peu écrit de fantastique pur. Comptons *La Double Vie de Théophraste Lon-*

---

1. Francis Valéry en donne dans son *Passeport pour les étoiles* (Folio SF, n° 30) la définition suivante : « Les œuvres relevant de l'Esthétique de la Fusion mélangent les codes et les décors des genres (science-fiction, fantastique, polar, espionnage, thriller) pour donner des œuvres cohérentes. »

guet (1904), dont le héros se voit posséder par l'esprit du bandit Cartouche. On peut penser que cette opposition entre un cadre banal et des éléments extraordinaires a pu inspirer Marcel Aymé. Toujours de Leroux, la suite d'aventures qui composent en 1924 *La Poupée sanglante* et sa suite, *La Machine à assassiner*, extravagant récit où l'on rencontre au fil des pages la mécanique extraordinaire qui permet de préserver la vie d'un condamné à mort exécuté, et un baron vampire doté de talents d'hypnotiseur. Bien que le roman ne soit pas en lui-même fantastique, on se doit également de citer *Le Fantôme de l'Opéra* (1911), dont l'imagerie, elle-même inspirée du conte de *La Belle et la Bête* et relayée par plusieurs adaptations cinématographiques ultérieures[1], marquera ses lecteurs.

Parmi les écrivains « hybrides » de cette période, signalons aussi le grand Maurice Renard, surtout connu pour ses superbes nouvelles de science-fiction, qui commettra nombre d'écarts dans le domaine fantastique, avec des nouvelles comme « Le lapidaire », qui révèle les origines de somptueux rubis, au temps de la Renaissance italienne, ou « La cantatrice », qui évoque une énigmatique chanteuse, dont la voix magnifique sert exclusivement le rôle de l'oiseau dans le *Siegfried* de Wagner. Ne négligeons pas non plus *Les Mains d'Orlac* (1920), roman fantastique où Stephen Orlac, pianiste ayant perdu l'usage de ses mains dans un ter-

---

1. Dont *Phantom of the Paradise* (1974), de Brian de Palma, qui ajoutera au mélange le pacte de *Faust*.

rible accident de chemin de fer, se voit greffer celles d'un assassin, qui prennent sur lui un ascendant croissant.

Dans le reste de l'Europe, en règle générale, alors qu'à l'époque la littérature populaire est abondante et ne rechigne pas à employer le fantastique, peu de choses émergent. La science-fiction semble davantage inspirer les écrivains que le fantastique. Il faut dire qu'en Allemagne, par exemple, n'ont été traduits que les auteurs français, pratiquement pas les auteurs anglais, en particulier les plus récents comme les rénovateurs Henry ou M. R. James.

Avec la venue de la Première Guerre mondiale, divers écrivains donnent d'intéressants romans fantastiques : en Autriche, Gustav Meyrink écrit *Le Golem* en 1915, décrivant la vie dans le ghetto juif de Varsovie et la présence qui y rôde. Meyrink s'inspire de la célèbre légende juive et s'appuie sur la Cabale. Au cours des années suivantes, il poursuivra son œuvre en s'inspirant à chaque fois d'une doctrine mystique ou d'un courant religieux différent : *Le Visage vert* (1916), anticipation mystique influencée par la pensée yogique et située après la fin de la guerre, *Le Dominicain blanc* (1921) et ses aspects taoïstes, ou *L'Ange à la fenêtre d'Occident* (1927) et ses suggestions de tantrisme. *Le Golem* connaîtra en 1920 une célèbre adaptation au cinéma par Paul Wegener. À travers l'expressionnisme allemand, une remarquable sensibilité fantastique s'exprimera dans les chefs-d'œuvre que sont *Le Cabinet du Dr Caligari* (1919), ou le *Faust* de Murnau (1926).

À Prague, un dénommé Franz Kafka écrit en

1913 un roman, *La Métamorphose*, dont le héros se réveille un jour transformé en insecte géant — métaphore incarnée, qui renouvelle la thématique du roman fantastique en orientant le genre vers une problématique plus fortement psychologique, hors des poncifs et des monstres qui s'attachent au genre.

En Belgique, dans les années vingt, paraissent les nouvelles d'un jeune écrivain, Raymond Marie de Kremer, qui signe Jean Ray. Ce polygraphe redoutable à la biographie obscure (était-il tout à fait l'ancien pirate et le grand voyageur qu'il se prétendait?) écrit pour de multiples éditeurs romans et nouvelles. Sous son nom et le pseudonyme de John Flanders, il publie en néerlandais des nouvelles pour la jeunesse. Il traduit/réécrit à la chaîne une collection de fascicules populaires allemands pour fournir la série des **Harry Dickson**, ne respectant souvent que la règle impérative d'inclure dans l'intrigue la scène représentée en couverture. Anglophile et amoureux des œuvres de Dickens, il rénove le fantastique en employant des concepts proches de la science-fiction, comme la quatrième dimension et les univers parallèles. Son écriture à la fois âpre et savoureuse soutient à merveille son talent de conteur. Ce seront les revues *Mystère Magazine* et *Fiction* qui lui offriront la reconnaissance du public dans les années cinquante et soixante, avant qu'il soit plus complètement réédité, là encore, chez Marabout.

Cette époque voit se lever une vague de fantastique belge : comme il y a eu Maurice Maeterlinck en *fantasy*, il y a Michel de Ghelderode ou Thomas Owen en fantastique : ces auteurs publient d'intéressants recueils de nouvelles, qui ne trouveront vraiment leur public que lors de leur réédition ultérieure en collection Marabout. Dans un contexte peu favorable au fantastique, où même le surréalisme, malgré sa dilection proclamée pour le genre, n'apporte pas de contribution marquante, il faudra attendre Marcel Aymé avec sa *Jument verte* (1933) pour que renaisse un véritable courant fantastique français.

15) « The unique magazine »

Les revues sont apparues couramment depuis le début du XIXe siècle. En Angleterre, certaines, comme *Blackwood's Magazine* ou l'*Household Words* de Charles Dickens, ou, plus tard, les prestigieux *Strand*, *The Idler* ou *The Pall Mall Magazine*, publiaient fréquemment des nouvelles fantastiques. Aux États-Unis, *Harper's Monthly* ou *The Atlantic Monthly* auront une politique éditoriale identique. Un début de spécialisation dans la publication de récits fantastiques apparaît avec *The Yellow Book*, revue consacrée au mouvement décadent, ou *The Equinox*, magazine de l'occulte édité et dirigé par le magicien Aleister Crowley. Avec la naissance des *pulps* aux États-Unis, ces magazines populaires bon marché imprimés sur du mauvais papier à base de pulpe de bois, une certaine spécialisation du contenu commence à intervenir, les revues ciblant des lectorats déterminés. Il faudra attendre 1919, et le climat d'après guerre favorable au fantastique, pour voir naître *The Thrill Book*, une revue entièrement consacrée aux histoires fantastiques et aux contes étranges. Mais c'est en mai 1923 que paraît le premier numéro de *Weird Tales*, un *pulp* totalement voué au fantastique et à l'horreur. Dès la première année, sous la férule d'Edwin Baird, rédacteur en chef peu intéressé par le fantastique, paraissent des nouvelles de Lovecraft ou de Seabury Quinn, deux des auteurs qui resteront parmi les plus populaires de la revue. Les ventes stagnent et, à la fin de 1924, après publication d'un numéro contenant une nouvelle très controversée, « The Loved Dead » de C. M. Eddy, révisée par Lovecraft et traitant de nécrophilie, la conduite du magazine est confiée à Farnsworth Wright. Sous son égide, la revue va devenir pleinement ce que clame son slogan en couverture : « *The unique magazine !* » Wright, malgré une santé chancelante, dirige le magazine jusque dans les années quarante, parfois sans recevoir de salaire, comme dans les temps les plus noirs de la Grande Dépression des années trente.

Il publie des auteurs aussi divers que Robert E. Howard, Clark Ashton Smith, Abraham Merritt, Catherine L. Moore, Henry Kuttner, Henry Whitehead, David H. Keller, Robert Bloch, H. Warner Munn, Manly Wade Wellman, Hugh B. Cave, Nictzin Dyalhis ou Ray Bradbury — et, de façon plus anecdotique, Tennessee Williams, qui publie en ces pages sa première nouvelle, « La vengeance de Nitocris ». *Weird Tales* payait mal et n'a jamais connu de véritable succès commercial, ses tirages étaient moyens. Toutefois, la revue a été une pépinière de talents et a permis un renouvellement de certains thèmes du fantastique, dont le principal artisan a été H. P. Lovecraft.

16) Le silence des espaces infinis m'effraie

Howard Philips Lovecraft s'inscrit dans une longue tradition de la nouvelle fantastique, que ce lecteur boulimique connaît parfaitement — en témoigne son long essai « Épouvante et surnaturel en littérature » (1925).

Il écrit par admirations, et l'on reconnaît dans ses œuvres une phase qui doit beaucoup à Poe, une autre fortement inspirée par la lecture de Lord Dunsany. On repère aisément dans ses nouvelles les éléments prélevés chez Hawthorne, Chambers ou M. R. James. Mais peu à peu, l'auteur trouve une voix personnelle, formule une théorie esthétique qui le guidera, envers et contre tous. La force de Lovecraft est d'avoir lentement distillé les formules de l'horreur traditionnelle pour en tirer une horreur cosmique dont il reste un des rares vrais pratiquants. Le processus est perceptible dans ces nouvelles qui forment ce qu'on a baptisé après coup du titre général de **Mythe de Cthulhu** : elles mettent en scène l'influence sur terre de créatures prodigieuses, d'abord présentées comme des dieux oubliés, puis peu à peu comme des extraterrestres, appartenant à un ordre de vie tellement éloigné du nôtre qu'ils ne nous sont même pas hostiles — simplement indifférents. La terreur des protagonistes découle de cette prise de conscience de leur insignifiance dans l'univers, de la fragilité de la vie humaine et la malveillance passive de l'univers qui l'environne. En avançant dans cette voie, éliminant peu à peu les éléments purement surnaturels, Lovecraft continue à travailler dans l'horreur, mais quitte le fantastique pour entrer dans la science-fiction. Mais où s'arrête le premier domaine et où commence le suivant ? Une nouvelle comme « La maison de la sorcière » (1932) mêle de façon étonnante les deux styles d'inspiration, ménageant l'aspect surnaturel tout en le prolongeant par des explications mathématiques. Il n'y a pas à proprement parler de gradation stricte : une des dernières nouvelles de Lovecraft, « Celui qui hantait les ténèbres » (1936), où l'auteur assassine facétieusement un protagoniste modelé sur le jeune Robert Bloch, demeure surnaturelle dans son essence, alors qu'une nouvelle antérieure comme « La couleur tombée du ciel » (1927) est fortement ancrée dans la science-fiction. Lovecraft tenait une abondante correspondance, où il encouragea nombre de jeunes écrivains, comme Robert Bloch, Fritz Leiber ou Frank Belknap Long. L'aspect fascinant du *Mythe de Cthulhu* et l'atmosphère d'émulation qu'entretenait Lovecraft expliquent que d'autres auteurs aient mis la main à la pâte, rédigeant des contes qui utilisaient ou enrichissaient le mythe. Robert E. Howard, Clark Ashton Smith versèrent leur contribution à l'entreprise et l'édifice fut poursuivi au-delà de la mort de Lovecraft par des auteurs dont l'hommage était souvent plus respectueux que talentueux.

Lovecraft n'a jamais vu de son vivant ses contes

repris dans un livre véritable. August Derleth, un de ses correspondants, fonda Arkham House pour réparer ce manque. La maison d'édition, spécialisée dans le fantastique et l'horreur[1], permit de conserver les textes de Lovecraft, jusqu'à leur redécouverte par le grand public dans les années soixante. La collection « Présence du futur » devait publier plusieurs recueils de ses nouvelles et courts romans, et Jacques Bergier et Louis Pauwels, dans le fatras souvent hirsute mais intrigant du *Matin des magiciens* (1960), rendirent hommage à l'auteur. Lovecraft est devenu un classique, au même titre que ce Poe qu'il idolâtrait.

17) Les années de guerre

Au cours de sa carrière, *Weird Tales* dut compter avec plusieurs concurrents, mais aucun qui remette sérieusement en question sa prééminence en tant que revue dédiée au fantastique... Aucun, jusqu'à la fondation d'*Unknown* en 1939 par John W. Campbell[2] qui cherchait un débouché pour des textes de qualité qui ne satisfaisaient pas aux exigences techniques de sa revue *Astounding Science-*

---

1. Elle a publié découvertes et classiques, et on trouve notamment à son catalogue des auteurs comme M. P. Shiel, Clark Ashton Smith, Frank Belknap Long, Donald Wandrei, Ramsey Campbell, Brian Lumley, Michael Shea, Michael Bishop...
2. Pour plus de précisions sur le personnage de John W. Campbell, on se reportera à Francis Valéry, *Passeport pour les étoiles*, *op. cit.*

Fiction. Poursuivant la politique qu'il avait instaurée en science-fiction, Campbell exigea que les nouvelles qu'il publiait répondent à des lois logiques. *Unknown* publia beaucoup de *fantasy*, mais aussi du fantastique, d'un type nouveau et sophistiqué, découlant souvent de l'extrapolation cohérente d'une hypothèse fantastique jusqu'à sa surprenante conclusion. Parmi les auteurs fantastiques qui écrivirent pour *Unknown*, on trouve Fritz Leiber, Robert Bloch, Fredric Brown ou Anthony Boucher. Ce dernier débuta dans *Unknown* par des histoires de fantastique comique, comme «The Compleat Werewolf». Également écrivain de science-fiction et de romans policiers, Boucher allait exercer les fonctions de rédacteur en chef sur le *Magazine of Fantasy and Science-Fiction*. Fredric Brown, génial touche-à-tout, est surtout connu pour ses œuvres de science-fiction — il reste le maître de l'histoire ultracourte — et pour ses romans policiers. Mais il écrivit quelques contes fantastiques : «Le cadavre et la chandelle», «The New Ones», «Vaudou», «Les farfafouilles»... Robert Bloch, quant à lui, débuta par des nouvelles imprégnées de la lourde influence de Lovecraft, mais acquit peu à peu un ton bien personnel. «La cape» (1939), publiée dans *Unknown*, est typique de son horreur goguenarde. Il allait évoluer vers une horreur plus réaliste, dont *Psychose* (1959) reste le plus célèbre fleuron.

Fritz Leiber est un autre écrivain qui entretint une brève correspondance avec Lovecraft. Il débuta dans *Unknown* en narrant les aventures fantastiques de ses héros Fafhrd et le Souricier

Gris. Mais en 1941, avec « Fantôme de fumée », il présente un fantôme moderne, un agrégat des fumées et des miasmes de la ville, en quête d'adorateurs. Il signe en 1943 deux romans mettant en vedette des sorcières : *À l'aube des ténèbres*, situé dans un contexte de science-fiction, et *Ballet de sorcières*, roman fantastique qui renouvelle le thème en l'installant dans le cadre moderne d'une université américaine.

Cette idée de l'adorable sorcière semble être dans l'air du temps, puisqu'elle constituait déjà l'argument de base du dernier roman du roi de la *fantasy* humoristique, Thorne Smith. Depuis 1926 et le roman *Topper*, Smith remporte un grand succès en dehors des revues spécialisées avec des histoires fantastiques comiques jouant sur l'intrusion libératrice du surnaturel dans des vies ordinaires et guindées. Dans *Topper*, le personnage éponyme se voyait dévoyé par un couple de fantômes fêtards ; dans *The Night Life of the Gods* (1931), ce sont les dieux de l'Olympe qui goûtent aux joies de la vie américaine ; dans *Turnabout* (1931), deux époux échangent leurs corps grâce à une statue magique et découvrent la réalité de la vie pour leur conjoint. Smith mourut avant d'avoir conclu son dernier roman, *The Passionate Witch* (1941), et l'ouvrage fut achevé par Norman Matson, de façon un peu décevante. Le cinéma s'en empara pourtant, et René Clair tourna *Ma femme est une sorcière* (1942), qui, à son tour, inspira la célèbre série télévisée *Ma sorcière bien-aimée*.

Autre succès employant le même thème, la pièce *Bell, Book and Candle* de John Van Druten, adaptée au cinéma sous le titre *L'Adorable Voisine* (1958).

Les années trente et quarante seront particulièrement propices au cinéma fantastique léger. De nombreux films, comme *Le ciel peut attendre* (Ernst Lubitsch, 1943), ou *Here Comes Mr Jordan* (Alexander Hall, 1941), aux États-Unis, *A Matter of Life and Death* (Michael Powell, 1946), en Grande-Bretagne, mettent les bureaucraties de l'au-delà aux prises avec des décédés récalcitrants, jolie métaphore de refus de la mort en cette période de guerre.

De la même façon, en France occupée, *Les Visiteurs du soir* (Marcel Carné, 1942) montreront la belle image d'un couple changé en pierre par le Diable, mais dont le cœur continue à battre malgré l'adversité.

Assez proche de ce fantastique quotidien que sera le réalisme poétique du cinéma français, Marcel Aymé écrit, depuis 1933 et *La Jument verte*, des romans et des nouvelles qui taquinent souvent le fantastique ou, à défaut, la fantaisie. Durant l'Occupation, il publiera des textes fantastiques qui brocardent avec malice les difficultés du temps.

Mais revenons aux revues américaines : *Unknown* ne survivra pas à la guerre. À cause des restrictions de papier, Campbell arrête la revue afin de réserver ses stocks pour *Astounding*. À la fin des années trente, Farnsworth Wright, atteint de la maladie de Parkinson, cède son poste de rédacteur en chef de *Weird Tales* à Dorothy McIlwraith. Celle-ci met en œuvre une modernisation du magazine, se montre plus exigeante sur la qualité des textes acceptés et en élimine les aspects les plus flamboyants, à commencer par la *fantasy*. Cette orientation vers une horreur plus psychologique réduit l'intérêt de la revue, dont les moins bons textes sont certes meilleurs qu'avant, mais les meilleurs... moins bons ! La revue tient jusqu'en 1954, date à laquelle elle cesse de paraître.

18) L'horreur au quotidien

Avec la fin de la guerre, sous la surface lisse et bien policée de la société américaine s'instaure une ambiance de peur et de paranoïa, fruit de la menace de guerre atomique et de l'état de guerre froide avec l'URSS. Le fantastique est éclipsé par l'étoile montante de la science-fiction, mieux à même, dans le contexte du temps, de traiter des angoisses du public en imaginant des mondes après l'apocalypse nucléaire, ou des invasions de créatures inhumaines venues d'on ne sait quelle planète, forcément rouge.

Le fantastique se pratique toujours, mais les auteurs américains qui en écrivent partagent leur inspiration selon l'offre d'un marché encore dominé par les revues, malgré la récente apparition du livre de poche. Les auteurs qui ont fait leurs premières armes dans les *pulps*, Robert Bloch, Ray Bradbury, Fritz Leiber, Richard Matheson, Charles Beaumont, édifient des thématiques personnelles, quel que soit le support pour lequel ils composent leurs œuvres. Ray Bradbury a dépassé les très classiques nouvelles de ses débuts et commence à écrire des textes plus littéraires, plus poétiques. Il parvient à sortir du ghetto du genre. Le prestigieux magazine *Mademoiselle* remaniera sa maquette pour accueillir sa nouvelle «Le retour à la maison», par exemple.

La télévision commence à se développer, offrant à certains auteurs des débouchés plus lucratifs que les revues. Charles Beaumont et Richard Matheson poursuivront une carrière de scénaristes pour la télévision (avec la fameuse série de Rod Serling, *La Quatrième Dimension*, notamment) ou le cinéma, donnant au fantastique un nouveau public.

En ces années où l'horreur règne en sous-main, un dernier moyen d'expression, plus inattendu, ne sera pas à négliger : à partir de la fin 1949, l'éditeur de bandes dessinées *E.C. Comics* transforme ses séries de bandes dessinées criminelles en revues d'horreur, souvent surnaturelle. D'excellents dessinateurs et scénaristes s'attirent un succès immédiat. Découvrant que l'on a adapté une de ses nouvelles sans lui en demander la permission, Ray Bradbury réagit... en autorisant l'adaptation de toutes ses nouvelles. En 1954, dans l'atmosphère de chasse aux sorcières qui règne aux États-Unis, l'éditeur de *E.C.*, William M. Gaines, se voit convoqué pour témoigner devant la Commission des activités anti-américaines et doit répondre d'accusations de violence et de turpitude morale. Malgré l'attitude courageuse de Gaines, l'affaire sonne le glas de la compagnie. Dès l'année suivante, elle ne publie plus de bandes dessinées d'horreur. Restent des histoires qui ont influencé toute une génération d'enfants des années cinquante.

L'après-guerre voit aussi les débuts d'un grand auteur : Shirley Jackson. Elle débute par le scandale de « La loterie ». Cette nouvelle d'horreur presque abstraite raconte la désignation d'un bouc émissaire dans une communauté. Publiée en 1948 par le magazine littéraire réputé *The New Yorker*, sa tranquille puissance d'évocation et l'actualité de sa métaphore aussi, peut-être, perturbent de nombreux lecteurs du magazine et suscitent des réactions indignées. L'un d'eux écrira pour annoncer qu'il jette à la poubelle sans les ouvrir les numéros de son abonnement, de peur d'être à nouveau choqué. Shirley Jackson s'est fait un nom. Paraissent un recueil de nouvelles, puis plusieurs romans psychologiques, traitant souvent de troubles de la personnalité, et des chroniques amusantes consacrées à l'éducation de ses enfants. Le titre du premier, *Raising Demons* (réunies en recueil en 1957), est déjà prémonitoire : on peut le traduire aussi bien par « Élever de petits diables » que par « Invoquer des démons ». Cet auteur entiché de magie, qui se revendiquait sorcière, écrit sur commande un ouvrage sur les sorcières de Salem. Mais c'est avec *Maison hantée*, en 1959, qu'elle écrit son premier roman fantastique. C'est un coup de maître, un des chefs-d'œuvre du genre. Le suivant, *Nous avons toujours habité le château* (1962), est fantastique, aussi. Shirley Jackson mourra trois ans plus tard, minée par la dépression et une santé précaire

19) À l'est, rien de nouveau ?

Du point de vue de la littérature fantastique européenne, rares sont les différences séparant l'avant de l'après-guerre. En Angleterre persiste un certain classicisme édouardien.

Dans les années trente, Charles Williams, membre des Inklings, cette société littéraire d'Oxford, s'engage avec ses collègues à utiliser dans des romans populaires de genre une thématique chrétienne. C. S. Lewis écrit de la *fantasy* avec **Narnia** et de la science-fiction avec la trilogie de **Perelandra** ; J. R. R. Tolkien, perdant un peu de vue le but propagandiste du projet, compose *Le Seigneur des Anneaux* (1954-1955). Williams écrit des romans mêlant thriller et fantastique. Il excelle dans la description des ravages du Mal. Autre grand adversaire déclaré du satanisme, Dennis Wheatley, auteur à succès, qui a tâté de nombre de genres populaires, comme la science-fiction, le thriller ou le roman historique. On le connaît surtout pour ses romans fantastiques, rédigés à une époque où peu de romanciers exerçaient dans ce domaine. Leur érotisme désuet, leurs prises de position politiques ou raciales réactionnaires les datent beaucoup, mais ils conservent un charme qui tient justement à leur aspect suranné. Citons parmi ses œuvres les plus connues *Les Vierges de Satan* (1935) ou *Toby Jugg, le possédé* (1948).

Écrivain autrement littéraire, L. P. Hartley compose des nouvelles fantastiques qui seront réunies en quatre recueils entre 1924 et 1971. Leur qualité est indéniable, leur puissance certaine (en lisant sa nouvelle « W. S. », où un personnage de fiction vient demander des comptes à son auteur, il est difficile de ne pas songer à *La Part des ténèbres* de Stephen King). Mais ces textes s'inscrivent dans un contexte ancien, remontant au début du siècle. On peut adresser le même reproche à son plus célèbre roman, *Le Messager* (1953), qui flirte avec le fantastique. Riche en symboles et en psychologie, il renvoie toutefois le lecteur aux heures de gloire de l'histoire de fantôme.

Daphné du Maurier, fille de l'écrivain victorien George du Maurier, auteur de *Trilby* et de *Peter Ibbetson*, a écrit des romans fantastiques, *The Loving Spirit* en 1938, ou *The House on the Strand* en 1969. Infiniment mélancoliques, contant l'engloutissement de leurs héros dans des malédictions prédestinées, ils restent tous deux d'une belle facture classique. Ses nouvelles « Les oiseaux » et « Ne vous retournez pas » ont été adaptées avec succès au cinéma[1].

La production fantastique littéraire demeure réduite. Peut-être la radio, le cinéma et la télévision naissante véhiculent-ils mieux l'esprit du temps, ici aussi ? Algernon Blackwood est devenu célèbre grâce à une émission de radio où il lisait ses nouvelles. Résolument liée à la science-fiction, l'horreur triomphe sur les petits et grands écrans, comme avec le feuilleton de science-fiction télévisé de Nigel Kneale, *Quatermass and the Pit* (1958-1959), qui fera l'objet d'une adaptation au cinéma en 1969

---

[1]. *Les Oiseaux* d'Alfred Hitchcock (1963), *Ne vous retournez pas* de Nicolas Roeg (1973).

(*Les Monstres de l'espace*). Il faut attendre la fin des années cinquante pour que la Hammer commence à tourner les films fantastiques qui feront son renom.

De nouveaux écrivains apparaissent pourtant durant ces années. En particulier, Robert Aickman qui publie en 1951 trois nouvelles dans l'anthologie *We Are For the Dark*. D'emblée étonnantes, novatrices et formellement réussies, elles sont peu remarquées. Aickman va renouveler l'histoire de fantômes, en confiant aux spectres obscurs de ses nouvelles le rôle d'émanations du désordre psychologique chez ses personnages.

Aickman se verra notamment chargé de l'anthologie annuelle des **Fontana Book of Great Ghost Stories**, publiant huit volumes contenant des rééditions de classiques et ses propres nouvelles. Des ventes insuffisantes entraîneront son remplacement en 1972 par Ronald Chetwynd-Hayes, autre grand spécialiste de l'histoire de fantômes, qui introduira progressivement des textes inédits parmi les rééditions — signés d'auteurs comme Ramsey Campbell ou l'Américain Steve Rasnic Tem. Ramsey Campbell a été publié très jeune et a vu son premier recueil de nouvelles paraître dès 1964 chez la prestigieuse maison d'édition américaine Arkham House. Il faut dire que ses premières nouvelles étaient des pastiches de Lovecraft, localisés dans un équivalent anglais de la région de Dunwich et d'Arkham. Mais très vite, Campbell trouve un ton personnel[1]

---

1. Le recueil français *L'Homme du souterrain* (Le Masque, «Fantastique», 1979) rend compte de ses premiers textes vraiment personnels.

et produit une œuvre forte et originale, très psychologique, qui va en faire dès les années soixante-dix un des noms majeurs de l'horreur britannique.

En France, l'après-guerre est marqué par la découverte de la science-fiction américaine, mais le fantastique reste en sommeil. La collection « Angoisse » est créée à la fin des années cinquante pour accompagner la collection « Anticipation » du Fleuve noir et compte nombre de romans fantastiques parmi les œuvres de ses auteurs maison : Kurt Steiner (pseudonyme d'André Ruellan), Marc Agapit, B. R. Bruss, puis Pierre Suragne (plus connu sous son vrai nom, Pierre Pelot) et Alphonse Brutsche (alias Jean-Pierre Andrevon). Notons dans ces années l'œuvre de Jean-Louis Bouquet (*Le Visage de feu*, 1951), les contes sardoniques de Jacques Sternberg, les romans ou les nouvelles de Roland Topor (notamment *Le Locataire chimérique*, 1964). L'éditeur belge Marabout, largement diffusé en France, commence à publier une collection de classiques du fantastique et de la science-fiction, menant notamment à une salutaire redécouverte de Jean Ray. Sous la direction d'Alain Dorémieux, la revue *Fiction* ouvrira ses pages au fantastique. Alain Dorémieux, que ce soit en tant qu'auteur, directeur de collection ou rédacteur en chef de la série d'anthologies ***Territoires de l'inquiétude*** dans les années quatre-vingt-dix, sera un des grands défenseurs du fantastique en France.

20) Le Diable et le Roi

À la fin des années soixante, aux États-Unis, des indices sérieux annoncent le retour aux affaires du fantastique : coup sur coup, quatre romans de sensibilité fantastique obtiennent de gros succès de ventes. En 1967, *Un bébé pour Rosemary*, d'Ira Levin, conte la fécondation à New York d'une jeune femme anxieuse par le Diable. Viennent ensuite en rapide succession Jack Finney, avec *Le Voyage de Simon Morley* (1970), roman de science-fiction aux ressorts proches du fantastique, *L'Autre* (1971), de Thomas Tryon, un roman qui joue sur la thématique du double, et *L'Exorciste* (1971), avec lequel William Peter Blatty va terrifier l'Amérique, en attendant que l'adaptation cinéma, deux ans plus tard, n'en amplifie encore l'impact. Peu après, un jeune auteur du nom de Stephen King va enfin rencontrer un succès qu'il n'espérait plus, avec *Carrie* (1974). Le roman n'est pas à proprement parler surnaturel : Carrie est dotée de pouvoirs qu'on peut qualifier de paranormaux, et King situe l'action dans un contexte de légère anticipation, puisque les événements se déroulent en 1984. Le succès se confirme avec son deuxième opus, *Salem* (1975), qui revisite le *Dracula* de Stoker dans un cadre contemporain. Avec la parution de son troisième roman *Shining / L'enfant-lumière* (1977) et l'annonce d'un projet d'adaptation par Stanley Kubrick, la carrière de King est lancée, et l'horreur moderne par la même occasion. Si King doit surtout son succès à un indéniable talent de conteur, il a également été un des premiers bénéficiaires d'un phénomène plus matériel : à l'époque, la distribution aux États-Unis subit une transformation. On ne trouve plus les livres seulement en librairie, mais aussi dans les gondoles des supermarchés. La visibilité accrue entraîne une multiplication des ventes.

21) Les enfants de l'horreur

King marque une rupture dans l'histoire du fantastique : il est le premier représentant d'une génération dont l'imaginaire a été formé, non seulement par la littérature fantastique, mais aussi par le cinéma, la télévision ou la bande dessinée (les *E.C. Comics*). Autre rupture : on passe d'une forme privilégiant la nouvelle à un genre dominé par les romans — et souvent même de gros romans[1].

Il s'agit de repenser un genre où la nouvelle était le composant de base et de l'inscrire dans un imaginaire contemporain. Si l'ambiguïté et la suggestion sont parfaitement viables dans le cadre de la nouvelle ou du roman court, il devient plus problématique de l'entretenir au fil d'un long roman. Il faut employer une autre approche, plus explicite, et agencer autrement les ouvrages. N'oublions pas que beaucoup de ces auteurs sont autant les dignes héritiers des films d'épouvante de la firme Univer-

---

1. Certains ont vu là l'influence du traitement de texte naissant

sal ou de la Hammer, que ceux des œuvres de Stoker et de Lovecraft. L'horreur moderne va devenir un mouvement. Les auteurs les plus engagés du genre vont revendiquer une esthétique, des antécédents qui débordent des limites du fantastique classique. Pendant une quinzaine d'années, les auteurs vont évoluer et se livrer à des expérimentations intéressantes, à travers des anthologies/manifestes (*Dark Forces* dirigée par Kirby McCauley, *Prime Evil* de Doug Winter, *Cutting Edge* ou *Metahorror* de Dennis Etchison, *New Terrors* de Ramsey Campbell en Angleterre), se livrant même à des querelles entre chapelles, *splatterpunks*[1] partisans de repousser les bornes de ce qu'on peut décrire, contre défenseurs de la *quiet horror* (l'horreur tranquille) préférant la puissance de la suggestion.

Il serait impossible de dresser une liste exhaustive des auteurs intéressants de l'horreur moderne, certains échappant d'ailleurs au cadre d'une étude du fantastique. Essayons néanmoins de citer les principaux, dans l'ordre chronologique de leur entrée en scène :

• À tout seigneur, tout honneur : Fritz Leiber publie dès le début de la vague une œuvre magnifique parfaitement inscrite dans le monde contemporain, *Notre-Dame des Ténèbres* (1977). Il continuera jusqu'à sa mort à apporter au genre des nouvelles splendides.

• Dean Koontz a fait ses premières armes en science-fiction avec des romans comme *La Semence*

---

1. Voir *infra*, note p. 81.

du démon (1973). Quand commence à fleurir l'horreur moderne, il se lance dans des best-sellers « à la King », souvent plus proches de la science-fiction que du fantastique, où transparaît une vision fortement moraliste — *La Maison interdite* (1992), *Mr Murder* (1993)...

• Peter Straub, un auteur d'abord attiré par la tradition en demi-teintes de Henry James, que la découverte de Stephen King oriente dans une toute autre direction. Straub rencontre le succès avec *Ghost Story* (1979), puis abandonnera un temps le fantastique pour des romans d'horreur subtils, noirs et forts, comme *Koko* (1988) ou *Mystery* (1990), avant d'y revenir avec *Mr X* (1999). Ami de King, il a signé avec lui deux collaborations : *Le Talisman des territoires* (1984) et son prolongement, le récent *Black House* (2001).

• Anne Rice restitue à l'image du vampire, qui était depuis longtemps confiné au seul rôle de monstre vorace, la séduction byronienne du romantisme. Son Armand est un paria, un exilé hors du monde des hommes et de la lumière du soleil, cherchant ses frères et les raisons de son existence. Une forte thématique homosexuelle sous-tend l'ensemble. Rice lancera sur le même principe une série de romans sur les sorcières — *Le Lien maléfique* (1992) et ses successeurs — et un roman sur une momie, *La Momie* (1990), qui rencontreront moins de succès que ses chroniques vampiriques.

• Dès ses deux premiers romans, Whitley Strieber aborde de façon intéressante et nouvelle le thème des loups-garous avec *Wolfen* (1978), et le vampire avec *Les Prédateurs* (1980). Sa carrière se poursuivra par une étrange alternance entre ouvrages décrivant par le menu son enlèvement par des extraterrestres et des romans d'horreur psychologique.

• Robert McCammon est un autre disciple apparent de King. Il lui emprunte les thèmes de ses romans pour les traiter à sa manière. Avec *L'Heure du loup* (1989), il mêle avec brio monstre classique et aventures à la Indiana Jones.

• Michael McDowell a publié pendant une dizaine d'années des romans touchant à tous les genres — romans historiques, policiers, horreur psychologique, comédies, etc. —, parmi lesquels on trouve de belles réussites fantastiques, où il développe le thème d'un surnaturel échappant aux attentes.

• Charles L. Grant, après des débuts en science-fiction, est un des pratiquants les plus marquants de la *quiet horror*, une horreur feutrée, fonctionnant sur la suggestion plutôt que la description. Son influence s'est beaucoup exercée à travers son excellente séries d'anthologies, **Shadows**.

• Dennis Etchison, autre grand nouvelliste, est le peintre subtil d'un certain mal de vivre californien. Il l'exprime à travers des récits qui empruntent parfois leur cadre à une légère anticipation. Ses romans, bien que possédant des moments forts, sont moins réussis que ses nouvelles.

• John Farris a beaucoup écrit dans le domaine de l'horreur (son roman *Fury* [1976] a inspiré le film homonyme de Brian de Palma), et en particulier dans le registre fantastique, avec *Fils de la nuit éternelle* (1985), qui traite du thème de la possession diabolique, ou *Écailles* qui joue avec le personnage de la lamie qui avait inspiré à Coleridge son poème « Christabel », et à Tristan Travis un intéressant *Lamia* (1982).

• T. E. D. Klein apparaît comme un lovecraftien de stricte obédience. Au Maître de Providence, il emprunte les thèmes et la structure générale de ses œuvres. Pourtant, la richesse de son style, de ses personnages et du folklore utilisé dans ses œuvres les hisse au rang de réussites à part entière. Son roman *Dark Gods* a remporté le *British Fantasy Award* en 1984, mais l'auteur reste pratiquement inédit en France.

• John Skipp et Craig Spector, Ray Garton ou David Schow revendiquent l'étiquette de *splatterpunks*[1] en écrivant des romans où ils poussent à l'extrême une esthétique de l'horreur explicite, dans la lignée de certains films d'horreur italiens.

• Joe Lansdale, écrivain texan, traite sur un ton souvent gouailleur des événements effroyables, accentuant et distanciant à la fois l'horreur de ce qu'il raconte. Il a implanté la plupart de ses œuvres dans un cadre qu'il connaît bien, l'est du Texas. Il en trace un portrait coloré, mais sans indulgence.

• Jonathan Carroll, Américain vivant à Vienne, combine surréalisme, humour discret et cruauté en

---

1. Forgée sur le modèle du terme *cyberpunk* en science-fiction, l'étiquette désigne un mouvement de courte durée qui souhaitait bouleverser le conformisme supposé du genre en choquant, par des excès sanglants et sexuels, comme les punks avaient bousculé la musique, quelques années plus tôt.

demi-teintes à travers des romans d'une grande originalité. Son emploi de la magie dans un contexte quotidien entraîne ses ouvrages vers le réalisme fantastique, dans la mouvance d'une certaine littérature sud-américaine, sur la ligne de démarcation entre *fantasy* et fantastique.

• Thomas Ligotti, nouvelliste et poète, apparaît comme un descendant spirituel de Poe, à travers deux recueils de nouvelles au style baroque et recherché, *Songs of a Dead Dreamer* (1989) et *Grimscribe : His Life and Works* (1991).

• Dan Simmons se fait connaître avec un roman d'horreur original, *Le Chant de Kali* (1985). Il oblique ensuite vers la science-fiction, d'abord par le cycle d'***Hypérion*** (1989-1997), puis avec une science-fiction horrifique, *L'Échiquier du mal* (1989). Il reviendra au fantastique pour deux romans, et quelques nouvelles de bonne tenue (*Le Styx coule à l'envers*, 1997).

• Poppy Z. Brite exacerbe la dérive *splatterpunk* dans des ambiances gothiques sudistes inspirées par les décadents, jouant sur la richesse sensuelle et la décomposition poisseuse d'une Nouvelle-Orléans fantasmée.

Parenté de langues oblige, cette marée va battre également la Grande-Bretagne de ses vagues :

• Ramsey Campbell, après les nouvelles très lovecraftiennes de ses débuts, évolue vers une thématique beaucoup plus personnelle, une horreur très psychologique, fortement axée sur le thème de la répression. Il la déploie dans le cadre d'une Birmingham à la fois fidèle à la réalité et très revisitée par l'imaginaire de l'auteur.

• Brian Lumley débute comme un épigone musclé de Lovecraft, basant sur le mythe de Cthulhu la série des aventures de Titus Crow. Il évolue ensuite vers des œuvres plus personnelles, et notamment sa trilogie **Psychomech**, qui mêle espionnage et au-delà. Le recueil *Compartiment terreur* (1989) regroupe en partie ses nouvelles intéressantes.

• James Herbert rencontre le succès dès ses premiers romans. Initialement basés sur des thèmes de science-fiction (la série des **Rats**, 1974), ils se poursuivent dans le domaine du fantastique : *Le Survivant* (1976)[1], *Dis-moi qui tu hantes* (1988)... Tout d'abord reçu avec méfiance par la critique, qui ne perçoit que l'horreur souvent explicite de ses œuvres, il a vu son talent et l'originalité de son œuvre peu à peu reconnus. Graphiste de formation, Herbert supervise étroitement la présentation de ses romans, tant pour la couverture que la maquette intérieure.

• Graham Masterton est un écrivain populaire au plein sens du terme. Ce prolifique auteur ne recule ni devant l'humour, ni devant les effets choc, ni devant le spectaculaire. Son œuvre variée s'abreuve à toutes les sources, et notamment dans les mythologies du monde entier, auxquelles elle emprunte ses monstres les plus pittoresques.

• Clive Barker crée la sensation en 1984 avec la sortie simultanée de trois minces volumes de nouvelles d'horreur, **Les Livres de sang**, abordant l'outrance et l'explicite avec une santé, une écri-

---

1. Adapté au cinéma par David Hemmings.

ture et un humour qui les transfigurent. Le fantastique est pour lui l'occasion de déployer un instinct créateur énergique et fécond.

• Nicholas Royle écrit des romans fortement métaphoriques chargés d'une angoisse sourde (*Counterparts*, 1993). Avec Joel Lane, excellent nouvelliste, et quelques autres, il s'est vu classer dans un groupement informel d'auteurs britanniques qu'un critique a appelé, par plaisanterie envers le quotidien étouffant de leur ambiance, l'école misérabiliste…

• Graham Joyce, auteur qu'on pourrait qualifier de néo-classique par son style et son inspiration, lie en une symbiose fascinante les phénomènes surnaturels de ses romans avec la psychologie des personnages. Il joue aussi avec beaucoup de talent d'un pittoresque de cadre, en situant ses romans dans des pays variés.

• Michael Marshall Smith, bien que profondément influencé par Stephen King, a signé des nouvelles au ton très personnel, allant du fantastique à la science-fiction en passant par la terreur psychologique, avec un redoutable talent de conteur. Ses romans privilégient la science-fiction, mais ils ne manquent pas d'attraits pour les amateurs d'horreur et même de fantastique.

22) Un roc dans la tourmente

La France reste longtemps en marge de cette déferlante. Si l'horreur classique continue à être représentée, notamment à travers le catalogue NéO, l'horreur moderne, en dehors d'auteurs best-sellers traduits sur leurs seules ventes, ne passe pas les frontières. Les éditeurs hésitent longtemps avant de lancer des collections qui lui seraient dédiées. Un projet de collection, fomenté par Richard D. Nolane à la fin des années quatre-vingt, est finalement refusé, malgré un catalogue prestigieux : pas assez vendeur, *a priori*.

Quand l'horreur débarque enfin, au début des années quatre-vingt-dix, elle remporte un certain succès, mais n'a pas la portée qu'elle a connue dans les pays anglo-saxons. L'élan vital commence à faiblir outre-Manche et outre-Atlantique. Hormis « Terreurs », les collections françaises, comme « Présence du fantastique », durent peu. La série « Angoisse » des années soixante connaît une résurrection anecdotique sous la forme d'une déclinaison « Gore » qui ne dépasse guère le premier effet de surprise. Les auteurs français purement fantastiques restent rares. La science-fiction est ici solidement implantée et l'horreur, malgré ou à cause de son succès, est très mal accueillie. On la juge vulgaire, avilissante, complaisante. On la dénonce pour son caractère réactionnaire, sans détecter la charge dénonciatrice qu'elle véhicule souvent. En dépit de cela, des auteurs comme Jean-Pierre Andrevon — *Les Revenants de l'ombre* (1979), *Sherman* (1989) — et Daniel Walther — *Cœur moite et autres maladies modernes* (1984) — poursuivent dans une veine qu'ils ont entamée depuis des années. Michel Pagel navigue entre science-fiction et horreur ; Serge Brussolo, toujours entre deux eaux, entre horreur et science-fiction, obtiendra un temps sa propre collection, dans laquelle il publiera plusieurs romans fantastiques (*Cauchemar à louer*, *Krucifix*…). On pourrait ajouter d'autres noms aux auteurs apparus dans les années quatre-vingt-dix : Gilles Bergal (*Magie noire*, 1998), Jean-Christophe Chaumette (*L'Arpenteur de mondes*, 2000), Jeanne Faivre d'Arcier (*La Déesse écarlate*, 1997), Catherine Quenot (*Blanc comme la nuit*, 1991), Philippe Ward (*Irrintzina*, 1999)…

Mais l'horreur a perdu sa flamme première. On dirait qu'à la dénonciation des années quatre-vingt succède dans les années quatre-vingt-dix une certaine résignation.

UNE FIN DU FANTASTIQUE ?

La vogue va durer environ quinze ans, aux États-Unis et en Grande-Bretagne. Au début des années quatre-vingt-dix, l'horreur, fantastique ou pas, commence à décliner. Plusieurs raisons expliquent la désaffection du public : d'abord, la surexploitation du filon. Certains thèmes sont devenus de véritables clichés, entre les mains d'auteurs satisfaits d'employer des sujets éprouvés et de les dériver sans innovation, livrant une production banalisée. Le roman de vampire est ainsi devenu un genre à lui tout seul, ou peu s'en faut, et on ne compte plus les auteurs, doués ou pas, qui ont apporté leur contribution au mythe. Ensuite, par évolution du genre même, une évolution qui l'a amené à déborder de ses propres frontières pour se retrouver dans d'autres territoires. Le développement du thème du tueur en série, par exemple, issu du *Psychose* de Bloch, a fait basculer nombre d'auteurs d'horreur dans le domaine policier. Un phénomène renforcé par le succès immense du *Silence des agneaux* (1988) de Thomas Harris.

Dans ces mêmes années, la *fantasy* commence à rencontrer un succès important. Le public de l'horreur moderne se scinde entre amateurs de suspense horrifique qui embrasseront une certaine orientation policière, et fervents de fantastique qui trouveront leur dose d'exotisme en *fantasy*. Certains auteurs persévèrent dans leur voie, forts de leurs fidèles ou résignés à un marché restreint. D'autres doivent se reconvertir : Joe Lansdale ou Charles Grant publient désormais des romans policiers, par exemple. Même Stephen King, longtemps surnommé le Roi de l'Horreur, est désormais qualifié de Roi du Suspense.

D'un point de vue commercial, le fantastique n'a jamais véritablement constitué une « étiquette » indépendante. Il a toujours prospéré en synergie avec un autre support : immergé ou conforté au sein du champ plus vaste de la littérature, générale ou populaire, de la science-fiction, de l'horreur et, aujourd'hui, de la *fantasy*. Mais désormais le fantastique est partout. D'une littérature réservée aux amateurs, il a acquis le statut d'un genre dont les icônes sont connues de tous, par le biais du cinéma ou de la télévision, même si cette image est forcément réductrice et caricaturale. Ses thèmes ont fini par imprégner notre culture. Aimer ou non le fantastique est moins un problème d'aimer ou pas un genre net, que celui d'être attaché ou non à un certain degré de réalisme. La dimension psychologique du fantastique lui permet d'être accueilli sans problème — et depuis longtemps — dans le pré carré de la littérature dite générale : les exemples ne manquent pas, de *Tous les matins du monde* (1991) de Pascal Quignard aux nouvelles fantastiques de Joyce Carol Oates réunies dans *Nightside* (1977), du *Truismes* (1996) de Marie Darrieussecq, à *Beloved* de Toni Morrison, récompensé par le prix Pulitzer en 1988.

Pourtant, le domaine dédié en propre au fantastique se restreint. On trouve encore les classiques çà et là dans les catalogues d'éditeurs, mais on déniche nombre d'ouvrages plus couramment chez les bouquinistes que chez les libraires.

Faut-il espérer un auteur qui revitalisera le genre et ranimera l'intérêt du public pour une approche fantastique clairement revendiquée, ou devons-nous plutôt estimer qu'en ces temps de Fusion, le fantastique est l'un des nombreux outils par lesquels un auteur mène son discours, sans s'embarrasser d'étiquettes ?

Peu importe : si le fantastique manque actuellement de contours précis, de collections dédiées, il s'insinue et s'accroche partout, par le mot et l'image. Il est le fruit d'impulsions fondamentales de l'esprit humain. On ne pourra jamais bannir les brumes et les ombres. Tout paysage les suscite et tire d'elles son relief.

GUIDE DE LECTURE

Avant tout, précisons que la liste qui suit ne doit en aucune façon être interprétée comme un palmarès «objectif» des cent meilleurs ouvrages de fantastique. Il est plutôt question ici de suggérer des directions, de poser quelques repères sur les voies à emprunter pour qui cherchera à explorer plus avant ce territoire. Le catalogue des titres retenus a été établi en fonction de critères et de contraintes multiples, et parfois contradictoires. Auteurs connus et obscurs, curiosités et incontournables ont été dosés tant bien que mal.

Signalons enfin que certains de ces ouvrages, et pas seulement les inédits que nous évoquons, sont à l'heure actuelle difficiles à trouver, voire indisponibles en France. Le lecteur curieux est invité à aller fureter chez les bouquinistes — et l'éditeur entreprenant, à réparer certaines absences cruelles.

Ackroyd (Peter) : *L'Architecte assassin* (*Hawksmoor*, 1985 — Le Promeneur)

À la fin du XVIIe siècle, alors que la Peste et le Grand Incendie ravagent Londres, un jeune orphelin du nom de Nicholas Dyer est recueilli par une confrérie mystérieuse, qui entreprend de lui enseigner sa doctrine et les principes de l'architecture. L'élève se montre doué, à tel point qu'il devient assez rapidement l'assistant de sir Christopher Wren, l'architecte à qui a été confiée la reconstruction d'une grande partie de Londres. Nicholas sera pour sa part chargé de dresser sept églises au cœur de la métropole. Des monuments qu'il va dédier en secret à la divinité noire et occulte que la confrérie et son maître, l'énigmatique Mirabilis, lui ont appris à vénérer.

Au XXe siècle, un policier nommé Nicholas Hawksmoor enquête sur une étrange série de meurtres par strangulation aux alentours immédiats des églises élevées trois siècles plus tôt par Dyer. Au fil des progrès de l'enquête, Hawksmoor va, à son insu, poser ses pas dans ceux de Dyer, à trois siècles d'intervalle.

Les liens étroits qui unissent le passé au présent fascinent Peter Ackroyd. Il a souvent utilisé leur interaction comme articulation de ses romans, dès son premier, *The Great Fire of London* (1982). Cet explorateur ironique et érudit du passé se double d'un biographe qui a consacré des études exhaustives à William Blake ou Charles Dickens — et à la ville de Londres.

Tous ces intérêts convergent dans *L'Architecte assassin* pour créer une fiction puissamment nourrie par la réalité historique : Hawksmoor est effectivement le nom d'un architecte qui fut l'assistant de sir Christopher Wren, et qui éleva à Londres sept églises aux proportions singulières, d'une extrême sévérité d'aspect, dont on suppose qu'elles reflètent une doctrine mal identifiée. Ces édifices et leur histoire ont enflammé l'imagination de plusieurs auteurs, en particulier Iain Sinclair et, à travers lui, Alan Moore dans *From Hell*.

L'Architecte assassin appartient à ce *corpus* d'œuvres qui enrichissent sans cesse de symboles et de personnages la mythologie londonienne, une capitale consacrée haut lieu de fiction par l'œuvre de Charles Dickens. Ce roman a remporté en Angleterre le prix Whitbread.

Agapit (Marc) : *Agence tous crimes* (1958 — Fleuve noir)

Perdue sans mémoire dans une ville qu'elle ne connaît pas, une femme d'âge mûr, affolée, trouve une agence de détectives qu'elle charge d'enquêter sur son passé. L'agence, rapide et efficace, apprend à l'amnésique qu'elle se nomme Jacqueline Vermot, et lui fournit les coordonnées de son domicile. Une fois rentrée chez elle, Jacqueline tente de se réinsérer dans sa vie quotidienne et de comprendre les origines de son amnésie. Mais elle se trouve aussitôt assaillie par des visions inexplicables.

Marc Agapit, de son vrai nom Adrien Sobra, fut l'un des principaux auteurs, par la production et la popularité, de la collection « Angoisse » du Fleuve noir. *Agence tous crimes*, son premier roman, se caractérise comme les quarante-deux suivants par une ambiance très noire, très cruelle, contée dans un français classique, parfois un peu vieillot, accentuant d'autant mieux le contraste avec les turpitudes de ses personnages. Car, ainsi que le constatait Gérard Coisne dans son dossier essentiel sur Agapit, publié dans le premier numéro du fanzine *Mater Tenebrarum* : « En général, ce sont de nullissimes imbéciles. Le plus souvent, ce sont de sordides idiots. Tous ont cependant un point commun : à cette compulsive nullité, s'ajoutent d'immondes appétits qui doivent être satisfaits par tous les moyens. » Les décors souvent confits de médiocrité renvoient à une grisaille provinciale qui fleure mauvais le tréfonds des années trente à soixante. Au cœur d'un territoire d'ombres et de brumes souvent exilé en marge de la réalité s'agite un Grand-Guignol qui aurait été revu par Marcel Aymé pour tour à tour amuser et horrifier le lecteur.

Au fil des pages d'*Agence tous crimes*, toutes les pistes que remonte Jacqueline Vermot pour déchiffrer l'énigme de sa vie oubliée viennent buter contre la mort. Des décès protéiformes, trépas naturels ou criminels, attribués à des personnages baroques : un nain aux appétits vampiriques et les deux dernières rescapées d'une série de sextuplées, deux garces fielleuses qui affrontent Jacqueline Vermot dans une lutte feutrée et mesquine.

Agapit, marionnettiste de fantoches dérisoires, est sans doute l'un des auteurs les plus poliment vénéneux de la littérature fantastique française.

Aickman (Robert) : *The Wine-Dark Sea* (1988) / *The Model* (1988) (inédits)

Au large d'un petit port méditerranéen s'étend une île qui suscite une inexplicable hostilité de la part des pêcheurs du lieu. Surmontant les obstacles qu'on lui oppose, un touriste s'y rend et découvre une terre merveilleuse où trois magiciennes règnent dans une atmosphère sensuelle.

Deux jeunes filles traversent le pays de Galles à pied, sous la pluie. Au sein d'un paysage traversé de lignes de chemin de fer et de trains à destination d'on ne sait où, elles se réfugient dans une étrange maison noire dont l'un des occupants pourrait bien être un fantôme.

Pour cadeau d'anniversaire, une enfant reçoit un livre dépeignant la vie d'un corps de ballet. Enthousiaste, elle fabrique une maquette d'opéra, et décide de devenir ballerine. Lorsque son père lui annonce qu'elle sera bientôt mariée, elle décide de s'enfuir pour accomplir son ambition.

The Model, court roman, s'achève par le retour de l'héroïne, au terme d'un voyage picaresque dont le déroulement onirique a semblé d'une facilité dérisoire. Rentrée chez elle, elle pénètre dans la maquette d'opéra qu'elle a fabriquée au début de l'histoire, et y retrouve les protagonistes de ses aventures. Où a commencé le rêve ? Où se cache la réalité ? Le roman donne l'impression déconcertante et grisante de promener le lecteur d'un rêve à un autre, créant un sentiment de vertige, comme deux miroirs disposés en regard creusent leur image d'un infini de reflets.

Robert Aickman écrit des textes étranges, fantasmatiques, où réel et imaginaire s'entremêlent sans que se dessine clairement une frontière. Souvent, ses nouvelles se closent sur une conclusion trouble, énigmatique, laissant planer la suggestion d'une symbolique, d'une révélation, sans la développer. Leur puissance se nourrit de cette interrogation demeurée en suspens, de cette ouverture sur l'inconnu.

Robert Aickman a peu recours aux monstres classiques. Une exception, sa nouvelle «Extraits du journal d'une adolescente», où se dessine la présence d'un vampire. Pour le reste, il privilégie les fantômes — présences ectoplasmiques, malléables. Au cours des années cinquante et soixante, Robert Aickman a renouvelé l'histoire de fantômes en exprimant à travers ses apparitions les états d'âme de ses protagonistes.

Souvent présent à la fin des années soixante-dix au sommaire d'anthologies ambitieuses comme, en 1980, le *Dark Forces* de Kirby McCauley et le *New Terrors* de Ramsey Campbell, Aickman, décédé en 1981, demeure un auteur trop rare. Dans les pays anglo-saxons, ses œuvres sont peu rééditées. En dehors de ces deux volumes de poche publiés à la fin des années quatre-vingt, il a récemment fait l'objet d'une coûteuse édition à tirage limité. En France, n'ont paru qu'une demi-douzaine de nouvelles, en majorité dans la revue *Fiction*.

Amis (Kingsley) : *L'Homme vert* (*The Green Man*, 1969 — Marabout)

L'Homme vert est une petite auberge de campagne fort bien cotée dans les guides gastronomiques. On raconte sur son compte quelques histoires de fantômes, comme on en raconte sur tant d'autres vénérables bâtisses. Mais tout cela appartient désormais au passé.

Un soir, Maurice Allington, son propriétaire, a la surprise de croiser sur le palier de l'auberge une femme qui disparaît aussitôt. Peu après, son vieux père meurt d'une attaque, alors qu'il scrutait une fenêtre donnant au-dehors. À plusieurs reprises, le silence de la nuit est troublé par d'inexplicables fracas de feuillages à l'extérieur.

Maurice est bientôt convaincu qu'un ancien occupant de l'auberge hante l'endroit : le sinistre Dr Underhill, qui s'est jadis adonné dans ces murs à de mystérieuses et meurtrières activités. Mais Maurice est un être égoïste, sarcastique, coureur et surtout fortement porté sur la bouteille. Où commence l'apparition de fantômes et où finit le *delirium tremens* ? Qui voudra le croire ? Et lui-même, persuadé que seul règne le néant après la mort, croit-il vraiment à ces visions ?

Brillant auteur de littérature générale classé trop vite parmi les « Jeunes hommes en colère » des lettres anglaises, Kingsley Amis avait de l'amitié pour la littérature de genre[1]. Cet *Homme vert* est pour lui l'occasion de dresser le portrait savoureux d'un personnage aussi détestable qu'intéressant. Alcoolique, manipulateur, égoïste et misanthrope, Maurice va mener de front une campagne érotique (réussira-t-il à convaincre sa maîtresse et son épouse de le rejoindre dans un même lit ?) et une enquête pour découvrir la vérité sur les phénomènes dont il est témoin. Ses recherches dans le passé de l'auberge vont le conduire à une rencontre à la fois extraordinaire et très courtoise avec un singulier jeune homme, hautain et ironique, qui attend beaucoup de lui.

Quant à l'Homme vert du titre, c'est au départ un personnage du folklore anglais, un être humanoïde entièrement constitué de végétaux entremêlés, dont le masque feuillu figure souvent au fronton des églises et des maisons anglaises. Des danseurs revêtent son apparence au cours des fêtes de village pour célébrer le renouveau de la nature. Mais l'Homme vert devient ici l'instrument d'activités beaucoup moins bénignes.

Tour à tour alerte et effrayant, le roman ajoute, à l'occasion de la rencontre avec le jeune homme, quelques passages d'une philosophie caustique au plaisir d'un excellent récit fantastique.

---

1. La fausse critique gastronomique qui ouvre le roman cite parmi les clients habituels de l'établissement plusieurs auteurs anglais de science-fiction.

Aymé (Marcel) : *La Vouivre* (1945 — Gallimard, «Folio») / *Le Passe-muraille* (1943 — Gallimard, «Folio»)

Parti faucher les herbes dans un pré jouxtant celui des Mindeur, Arsène Muselier voit une femme magnifique se baigner nue dans l'étang tout proche. Sur la berge, il y a un joyau déposé sur une robe très simple : car cette femme est la Vouivre. Ce bijou abandonné le temps d'un bain constitue sa légendaire parure. Nombreux sont ceux qui ont tenté de s'en emparer. Mais pour protéger son bien, la Vouivre dispose d'armées de serpents venimeux.
Arsène n'essaie pas de dérober le bijou ; il discute un peu avec la Vouivre avant de terminer de faucher son champ. Pourtant, la pierre de la Vouivre n'a pas fini d'exciter les convoitises d'un bourg où sévissent les rancœurs de voisinage et où règnent les privations de la Grande Guerre.
Dans les romans de Marcel Aymé, le surnaturel voisine très benoîtement avec les événements plus ordinaires de la vie. La Jument verte, dans le roman du même nom, est un tableau, mais aussi le signe récurrent d'un bouleversement de la normalité. Ici, la Vouivre incarne la Nature éternelle, un tempérament simple mais impitoyable, un principe inhumain et sage à la fois, étranger aux actions des hommes. Elle n'est que le catalyseur des passions qui se nouent, et relativise par sa présence immémoriale les querelles «ancestrales» qui agitent les divers personnages du roman.

Aymé se plaît toujours à frotter le fantastique à la plus triviale des réalités. Dans ses nouvelles, il dote de facultés hors du commun des personnages d'une parfaite banalité : ainsi l'humble Dutilleul se découvre-t-il la faculté extraordinaire de traverser les murs ; et une jeune femme prénommée Sabine, nantie soudain du don d'ubiquité, commence-t-elle à se multiplier de façon anarchique.

Marcel Aymé traite ses postulats de base surnaturels avec une rigueur comique, afin de ridiculiser des cibles plus graves : les rationnements de la guerre lui inspirent « La carte », où un marché noir sur des tickets de rationnement du temps aboutit à de grotesques disparités d'existence entre les gens.

Tendre sans faiblesse, sarcastique sans aveuglement, Marcel Aymé accommode le fantastique avec le doigté d'un cordon-bleu.

Barker (Clive) : **Les Livres de sang** : *Livre de sang, Confessions d'un linceul, Une course d'enfer, La Mort, sa vie son œuvre, Apocalypses, Prison de chair* (**Books of Blood**, 1984-1985 — J'ai lu)

La population de deux villes adopte l'apparence de géants pour livrer un combat rituel ; les fantômes de comédiens hantent encore un théâtre par la puissance de leurs passions ; un monstre se nourrit des illusions de celluloïd projetées sur l'écran du cinéma où il s'est retranché ; un beau prostitué se laisse peu à peu séduire par une vieille statue de bois flottant dans une baignoire ; dans un sauna abandonné, trône une entité mystérieuse et fascinante qui attire vers elle les adorateurs ; un homme expérimente les effets d'un aphrodisiaque universel...

Les nouvelles de Clive Barker sont gorgées d'une imagerie puissante, sensuelle, charnelle, qui brasse sans préjugés la chair et le sang, mêlant les deux pour observer les résultats avec une curiosité presque candide.

Publiés en 1984 et 1985, les six volumes des *Livres de sang* ont révélé une voix neuve, visionnaire, puissamment sexuelle. Dans un domaine qui traitait de la sexualité par métaphores prudentes ou comme un non-dit lovecraftien, Barker hale l'horreur à la lumière pour vérifier s'il est capable de rivaliser avec le pouvoir de suggestion qui constituait jusque-là une des armes majeures du fantastique. Et il le peut, grâce à un imaginaire fécond et un style remarquable.

Sur l'impact qu'ont eu ces ouvrages, Douglas Winter dit : « Voilà une fiction d'une violence farouche et d'un abandon sexuel qui prenait à bras-le-corps, avec une férocité à couper le souffle, les possibilités de l'horreur, et non ses limites, qui avait le courage et la force de rêver, de lâcher la bride au fantastique noir dans toute sa gloire, et d'explorer l'émotion perçue par le fabuliste E. R. Eddison, qui parlait, tant d'années auparavant, de : *l'horreur non de l'inconnu, mais de l'inconnaissable, de l'impossible et de l'inconcevable*[1]. »

Après ce coup d'éclat, Barker s'est tourné vers

---

1. Douglas E. Winter, *The Dark Fantastic*, Harper Collins, 2001.

l'écriture de romans qui lui permettent de déployer ses ambitions de démiurge. *Le Jeu de la damnation* (1985) demeure un roman d'horreur, un pacte faustien qui exhale un puissant parfum de destruction et de ruines. Mais dès *Le Royaume des devins* (1986), qui met en scène un peuple de monstres réfugiés dans un tapis magique pour échapper à un fléau impitoyable, s'amorce le virage de Barker vers la *fantasy*, des romans où foisonnent mondes parallèles et réalités mystiques, dieux en exil et créatures aux pouvoirs surnaturels. Cette veine culminera avec *Imajica*, où son talent visionnaire trouve probablement sa pleine mesure.

Ayant constaté l'échec cuisant de plusieurs tentatives faites par des tiers pour transposer ses visions au cinéma, Barker a pris les choses en main. Désormais installé à Hollywood, il a lui-même dirigé avec une indéniable verve visuelle plusieurs films adaptés de ses nouvelles : *Hellraiser* (1987), *Cabal* (1990) et *Le Maître des illusions* (1995).

Beaumont (Charles) : *Là-bas et ailleurs* (*Yonder*, 1959 — Denoël, « Présence du futur »)

Après la fin du monde, des hommes et des femmes se réunissent pour constater la totale extermination de la race humaine – mais qui sont ces recenseurs ? Une ville ultramoderne, implantée en Afrique, affronte l'hostilité des autochtones. Un avare profite de la terre extraite des tombes fraîchement creusées pour engraisser son jardin. Dans un monastère allemand isolé, un touriste découvre que les bons moines détiennent dans un cachot un homme dont ils nient la présence, un homme qui hurle chaque nuit...

Charles Beaumont appartient à cette génération d'auteurs, comme Richard Matheson, Ray Bradbury, Robert Bloch ou Rod Serling, le producteur et principal scénariste de *La Quatrième Dimension*, qui a imposé après guerre aux États-Unis une certaine vision du fantastique. Mélangeant sans hésiter les genres, au gré des supports et de l'inspiration, leurs textes ont échappé au ghetto des revues spécialisées pour investir des domaines plus larges ; dans le cas de Beaumont, ce seront la revue *Playboy* (et sa rivale, *Rogue*) ou la télévision — les amateurs de la série *La Quatrième Dimension*, justement, auront reconnu au passage le rapide résumé de la nouvelle « The Howling Man », que Beaumont y a lui-même adaptée. Il a également signé au cinéma l'adaptation de nombreuses œuvres fantastiques, dont *Night of the Eagle* (1962) d'après *Ballet de sorcières* de Fritz Leiber, ou *La Malédiction d'Arkham* (1963) pour Roger Corman, d'après l'œuvre de Lovecraft.

Emporté prématurément, Beaumont laisse derrière lui une œuvre riche, qui suggère à peine ce qu'il aurait encore pu accomplir.

L'inspiration fantastique de Beaumont se range souvent dans la continuité de ces nouvelles à problème typiques de la revue *Unknown* : sa première, « The Devil, You Say ? », brode une jolie variation sur le thème classique, déjà exploité par Anthony Boucher, du petit journal de province qui fait et défait la réalité. De Beaumont, il nous reste un sujet qu'il n'a en fin de compte jamais traité ; il y fait allusion par incidence dans le corps de son œuvre (dans sa nouvelle de science-fiction « Les derniers sacrements ») et l'a proposée à Dennis Etchison : l'histoire d'un homme qui demeure assez longtemps en état de mort clinique pour se retrouver, une fois réanimé, confronté à son propre fantôme.

Dennis Etchison, justement, a dit à propos de l'écriture de Beaumont : « Son style était aisé et pourtant sophistiqué, accessible et ésotérique, lisible et impeccable au point de vue technique, et pourtant jamais superficiel ni calculé, mais profondément personnel, sincère et engagé, comme l'est tout art sérieux. Le genre n'a jamais connu son égal, ni avant ni après[1]. »

La France a traduit Beaumont dans les années cinquante, dans les revues spécialisées et en un recueil paru en 1959, *Là-bas et ailleurs*. Depuis longtemps épuisé, il mêle fantastique et science-fiction, parfois à l'intérieur d'un même texte. Plus récemment, un conte d'horreur non fantastique, « Miss Gentilbelle », a paru dans *Territoires de l'inquiétude*, n° 7 (1993).

Cet auteur mériterait d'être plus largement disponible.

---

1. Introduction à la nouvelle « Free Dirt » dans le recueil *Charles Beaumont, Selected Stories*, 1988.

Behm (Marc) : *La Vierge de glace* (*The Ice Maiden*, 1983 — Gallimard, « Folio policier »)

Si la vie n'est jamais facile, il semble bien que la mort ne soit pas forcément de tout repos non plus. C'est en tout cas la triste constatation que font chaque nuit Cora et Tony.

Cora occupe le poste de croupier dans le casino d'Argoli Junior, au sommet d'un immeuble de New York. Elle gagne juste assez pour boucler ses fins de mois et conserver le minuscule appartement où elle a installé son violoncelle et son cercueil.

Tony se débrouille encore moins bien : pianiste au casino, il va d'un refuge précaire à l'autre.

Ah ! Un détail, quand même : Cora et Tony sont morts. Ce sont des... créatures.

Vaste, solide, isolée, la somptueuse résidence en vente sur Woodlawn Street résoudrait leurs problèmes de logement pour des décennies. Mais son prix est astronomique.

Il suffirait pourtant de cambrioler le casino. De gagner la terrasse à tire-d'aile, changés en chauves-souris. Pour cela, Tony et Cora ont besoin d'une créature plus expérimentée qu'eux, afin de leur enseigner la métamorphose.

Quelqu'un comme Brand, né au XIIe siècle, qui vit nu dans les égouts, en buvant du clos-vougeot et en jouant du Mozart sur son violon.

Cet amusant roman fantastique du célèbre auteur de *Mortelle randonnée* (1980) combine avec entrain le thème policier classique du casse exceptionnel avec celui des vampires (terme que l'auteur prend bien soin de ne jamais employer dans le roman).

Bien entendu, le cambriolage ne se déroulera pas aussi aisément que Cora l'avait imaginé, et les démêlés des trois comparses avec les mafieux qui gardent l'endroit, ainsi qu'entre eux, forment la trame de ce roman policier sympathique, mené avec alacrité par un Marc Behm qui s'amuse visiblement.

Blackwood (Algernon) : *John Silence* (*John Silence, Physician Extraordinary*, 1908 — Rivages, « Mystère »)

Quand la médecine traditionnelle échoue, lorsque des problèmes psychiques hors du commun exigent des solutions extraordinaires, on se tourne vers John Silence, médecin de l'impossible, enfant du spiritisme et de Sherlock Holmes.

Même si sa méthodologie, ses assistants et son assurance un peu agaçante évoquent fortement le détective de Conan Doyle, John Silence ne se veut pas détective, mais revendique le titre de docteur psychique.

Au cours des six nouvelles qui mettent ce personnage en scène avec l'esprit humain pour enjeu du conflit, Blackwood renouvelle le rôle de Silence, afin de préserver la fraîcheur du personnage vis-à-vis des lecteurs. De simple confident face à Arthur Vézin dans « Sortilèges et métamorphoses », histoire d'un homme qui se retrouve captif d'une petite ville du nord de la France peuplée de sorciers, John Silence devient le *deus ex machina* de « Culte secret », une nouvelle où Blackwood a inséré des aspects fortement autobiographiques et dans laquelle un homme revenu dans l'école allemande de son adolescence manque d'être la victime de fantômes meurtriers. Silence intervient de façon beaucoup plus active dans « La Némésis du feu », une affaire de momie égyptienne maléfique, dans « Une invasion psychique » où une influence néfaste plonge un auteur dans une invincible mélancolie et dans « Le camp du chien », une histoire de loup-garou sur une île de la Baltique.

Une ultime nouvelle, publiée en 1917 hors du recueil initial, « A Victim of Higher Space », apparaît comme une influence majeure de l'horreur lovecraftienne : un homme qui a poussé trop avant son étude des dimensions supérieures s'en retrouve prisonnier.

Le cycle des aventures de John Silence présente un bon échantillonnage des thèmes préférés de Blackwood. En plus de la présence d'autres plans d'existence, on y retrouve cette fascination pour la nature qui a marqué ses plus célèbres nouvelles — « Les saules », où un nœud de forces mystérieuses, dans une région désolée du Danube, exige d'être rassasié, ou « Le Wendigo », dont les paysages canadiens répondent aux descriptions du « Camp du chien ».

Tel qu'il est actuellement publié en France, le recueil *John Silence* ne comprend que la moitié des nouvelles du cycle. Il serait intéressant de le compléter par les trois derniers textes, deux indisponibles et un inédit.

Blish (James) : *Pâques noires* (*Black Easter, or Faust Aleph-Null*, 1968 — NéO)

Il existe sur terre des gens pour lesquels la magie est une réalité, proche d'une science exacte. C'est un de ces personnages, Theron Ware, un expert en magie noire, que vient consulter Baines, un magnat de l'armement. Ce dernier demande à Ware d'assassiner le gouverneur de Californie, Rogan.

Mais le contrat ne constitue en fait qu'une vérification des capacités de Ware. En fait, Baines a en tête une entreprise beaucoup plus ambitieuse. À tel point qu'elle a éveillé l'attention d'un cercle de religieux, des thaumaturges pratiquant la magie blanche, qui envoient le frère Domenico pour surveiller et, le cas échéant, arrêter Theron Ware.

Écrit en 1968, *Pâques noires* traite la magie comme une technique que l'on peut apprendre sans dons particuliers, une science terriblement complexe et infiniment dangereuse, qui laisse une part à l'inspiration et aux variations, mais une science quand même, aux résultats précis, aux lois et aux limitations définies.

À travers l'histoire de ce que Baines, un grand industriel de l'industrie de l'armement, va exiger de Theron Ware, sorcier et ascète, Blish décrit la pulsion suicidaire de l'humanité, entre l'appétit de destruction des uns et la soif de connaissance des autres, au mépris des possibles conséquences.

L'ouvrage ménage quelques clins d'œil à l'actualité de l'époque : le gouverneur de Californie porte un nom proche de celui du véritable gouverneur de la période, qui devait accéder quelques années plus tard à la magistrature suprême. De même, le cercle des magiciens blancs compte parmi ses adeptes des patronymes connus de ceux qui s'intéressent au fantastique : Boucher, Vance ou « Selahny ». Mais, à travers sa parade fantastique de démons sortis tout droit des gravures sur bois du Moyen Âge, ce roman bref, sobre et précis trace la description glaçante d'une course à l'abîme ; sa pertinence demeure aujourd'hui encore.

Bloch (Robert) : *Contes de terreur* (recueil original, 1974 — Pocket)

Bloch a débuté une carrière d'écrivain grâce aux encouragements de H. P. Lovecraft. Si ses premières nouvelles portent la marque de son mentor, il a peu à peu élaboré son style propre, qui s'enrichit d'un humour particulièrement noir. « J'ai gardé un cœur de petit garçon », aimait-il à dire. Et il ajoutait : « Chez moi, dans un tiroir. »

Sa fascination pour le concept du mal se traduit par des références fréquentes à des personnages historiques : le marquis de Sade (dans « Le crâne du marquis de Sade », l'objet précité atterrit dans la collection d'un amateur de curiosités macabres), Edgar Poe (« L'homme qui collectionnait Poe » est à la recherche de la pièce maîtresse d'une collection particulièrement complète sur cet auteur), la meurtrière à la hache Lizzie Borden (« La hache » met en scène l'instrument avec lequel la meurtrière a perpétré son acte) ou

Jack l'Éventreur dans une célébrissime nouvelle non reprise dans ce recueil, « Votre dévoué Jack l'Éventreur »...

Le thème d'une force compulsive qui conduit un protagoniste au meurtre revient souvent chez lui, sous des déclinaisons variées qui en renouvellent l'emploi. On le retrouve dans « La hache » mais aussi dans « L'ami Roderick », qui contient en germe le final de *Psychose* (1959) — roman non fantastique, inspiré en grande partie par l'effroyable carrière de l'assassin en série Ed Gein, et rendu légendaire par le film très fidèle qu'en tira Alfred Hitchcock en 1960.

Cette lente dérive vers le réel aboutira à des romans où l'horreur psychologique prend le pas sur le fantastique — *L'Écharpe* (1947), par exemple. Cette diversification n'empêchera pas Bloch d'y revenir toujours.

Borges (Jorge Luis) : *Le Livre de sable* (*El Libro de arena*, 1975 — Gallimard, « Folio ») / *Fictions* (*Ficciones*, 1956 — Gallimard, « Folio »)

Borges est au fantastique ce que Bach est à la musique : à partir de mathématiques, il compose de la musique. Le fantastique naît souvent chez lui de considérations métaphysiques, de l'irruption dans le monde réel et concret d'une pure idée.

L'infini est un des concepts par lesquels Borges suscite le vertige. « Le livre de sable » présente un ouvrage comportant un nombre infini de pages, chacune apparaissant au hasard et une seule fois quand on l'ouvre. « La bibliothèque de Babel » est le lieu de conservation de tous les textes jamais écrits ; « L'aleph » parle d'un point où l'on peut contempler l'intégralité de l'univers, sous tous les angles possibles, en une seule fois.

Mais cette fascination pour l'infini n'illustre qu'un des aspects du conflit plus général qui occupe l'œuvre entière de Borges : la rivalité qui oppose création artistique et réalité. L'art vise à cataloguer, exprimer et englober le réel. Peut-on rendre compte de l'infini par les mots ? Et si l'artiste y parvenait, où seraient les limites entre réalité et fiction ? Borges exprime l'idée dans ce poème sur le Golem :

À l'heure de l'angoisse et de la clarté vague
Sur son Golem, il laissait s'attarder ses yeux,
Qui nous dira les sentiments qu'éprouvait Dieu
Contemplant Rabbi Löw, sa créature à Prague ?

De cette volonté de cataloguer, de rendre compte des sens cachés dans le réel, naissent des métaphores récurrentes sur l'univers et le temps : le labyrinthe, le temps circulaire. À son stade le plus vertigineux, c'est la fiction qui finit par réinterpréter le réel, comme dans « Pierre Ménard, auteur du Quichotte » où la réécriture identique, à la virgule près, du chef-d'œuvre de Cervantès ajoute un niveau d'interprétation au texte sans en altérer les apparences. Ultime phase de cet envahissement de la réalité, « Tlön Uqbar Orbis Tertius », où une création intellectuelle commence à envahir le réel, puis à le supplanter peu à peu.

Boucher (Anthony) : *The Compleat Werewolf* (1969 — inédit)

Wolfe Wolf, professeur d'allemand médiéval, est malheureux. La belle dont il est fou amoureux l'a abandonné, car elle ne le trouvait pas assez intéressant. Parti noyer son chagrin dans l'alcool, il engage la conversation avec son voisin de bar, le grand Ozymandias (Ozzie pour les intimes), un véritable magicien. Pour l'œil exercé d'Ozzie, Wolfe n'est pas si banal que ça. Tous les indices le prouvent : Wolfe est un authentique loup-garou qui n'a besoin que de connaître le mot magique pour se métamorphoser.

La vie de Wolfe va devenir nettement plus intéressante.

Trop, peut-être.

Ce recueil de nouvelles d'Anthony Boucher rassemble histoires de science-fiction et de fantastique. Elles sont typiques de la revue *Unknown* où elles ont paru et d'un certain type de fantastique sophistiqué, assez proche de la science-fiction, qui découle de l'influence de John Campbell : des nouvelles souvent basées sur l'exploration logique d'un postulat fantastique, menant à un habile retournement de situation final.

Si les personnages sont souvent amusants, ils incarnent surtout les stéréotypes de la comédie américaine de l'époque : le héros sympathique, la beauté froide dont le héros est follement épris, le rival séduisant et fourbe, et une courageuse secrétaire qui se consume d'amour en secret pour le héros. Et comme dans les comédies américaines de l'époque, celle de la Seconde Guerre mondiale, ces clichés bon enfant contribuent au plaisir de la lecture.

Parmi les autres nouvelles fantastiques du recueil, on notera « Snulbug » dont le protagoniste souhaite tirer profit d'un aperçu sur le futur (un journal du lendemain) et découvre les difficultés pratiques de l'entreprise, « La chenille rose », une très insolite histoire de hantise mâtinée de voyage dans le temps, et « We Print the Truth » où, par la magie de Wayland le forgeron, l'éditeur d'un petit journal de province voit s'accomplir de façon littérale sa devise : tout ce qui est imprimé dans ses pages devient la stricte vérité. Bien entendu, le souhait a ses vertus, mais aussi ses limites — et surtout ses pièges.

Boulgakov (Mikhail) : *Le Maître et Marguerite* (*Master i Margarita*, 1928-1940 — Pocket)

Le Diable est à Moscou. Une trinité diabolique, composée du magicien Woland, de son comparse Azazello et du chat Baphomet, se prépare à célébrer un sabbat en plein cœur de la capitale soviétique. Leur première victime est une sommité du Parti, dont l'appartement servira leurs projets de façon idéale. Semant à plaisir le désordre et la confusion chez les privilégiés en exauçant ouvertement les souhaits du peuple, le trio se met en quête d'une reine du sabbat. Ce sera la belle Marguerite, ancienne maîtresse d'un écrivain, le Maître, emprisonné pour avoir écrit sur Ponce Pilate un livre contraire à l'idéologie officielle.

Boulgakov a passé douze ans à composer *Le Maître et Marguerite*, finalement publié dans une version très censurée. Ce n'est qu'en 1967 qu'est paru le texte complet de ce roman, qui combine, au fil d'une construction habile, pamphlet religieux, roman satirique, charge politique, roman d'amour, aventure fantastique et autobiographie masquée.

Tentateur et cynique, le Diable du roman — ou plutôt les trois compères qui accomplissent sa besogne — n'est finalement pas si mauvais bougre. Ne sera-t-il pas, en la personne du magicien Woland, l'artisan du pardon de Ponce Pilate et du repos du Maître?

Sans doute parce que, dans l'esprit de Boulgakov, la présence du Diable apporte la preuve de l'existence de Dieu, au contraire de l'athéisme d'État prôné par la Russie.

Bradbury (Ray): *La Foire des ténèbres* (*Something Wicked This Way Comes*, 1962 — Denoël, «Présence du futur») / *Le Pays d'Octobre* (*The October Country*, 1955 — Denoël, «Présence du futur»)

La foire est arrivée à Green Town quelques jours avant Halloween, escortée par une promesse d'orage et précédée par le passage d'un marchand de paratonnerres. Livrée en pleine nuit par un train mystérieux, déployée à trois heures du matin, à une période de l'année où les foires ne passent pourtant plus, installée dans l'ombre en une nuit, par des ombres.

Jim Nightshade et Will Halloway ont entendu le chant barbare de l'orgue et le lugubre sifflet du train, ils ont vu la foire débarquer, se dresser. Désormais, elle est installée à Green Town, et seuls Will et Jim, témoins de miracles inquiétants, savent qu'elle a de noirs desseins.

Ray Bradbury a puisé dans son enfance l'inspiration d'une partie de son œuvre. Ce roman, de même qu'un cycle de nouvelles mettant en scène une famille de monstres[1], transmute les souvenirs de jeunesse de l'auteur en un opulent univers de magie. *La Foire des ténèbres* est un livre exubérant, poétique et lyrique, gorgé de sortilèges et de peurs adolescentes. Un carrousel tournant à rebours peut inverser le cours du temps, la plus belle femme du monde dort au sein d'un bloc de glace, et le propriétaire tatoué d'une fête foraine riche en monstres grotesques et prodigieux a le pouvoir d'exaucer les vœux les plus fous... Mais ceux qui sont assez imprudents pour accepter son offre le paieront cher.

---

1. Les nouvelles de ce cycle devaient être réunies en un volume illustré par Chas Addams, le créateur de la célèbre *Famille Addams*. La mort de l'illustrateur avait empêché le projet d'aboutir, mais le recueil, *From The Dust Returned*, a fini par paraître en 2001.

L'enfance et la mort sont les deux fondations sur lesquelles Bradbury va bâtir son pays d'Octobre, ce territoire neuf et personnel qu'il va coloniser pour l'offrir à ses lecteurs. Tournant rapidement le dos aux monstres traditionnels, il préfère chercher l'inspiration dans la vie quotidienne et les objets ordinaires. Il n'est pas le premier à avoir de telles ambitions, dans les années quarante ; Fritz Leiber avait déjà réussi sa tentative dans une veine très comparable, avec son « Fantôme de fumée ». Mais par ses thèmes séduisants, nostalgiques et souvent idéalisés, Bradbury s'imposera au-delà du cénacle des amateurs de fantastique, et fera des émules. En lisant Stephen King, on retrouve bien dans son écriture l'empreinte qu'y a laissée Bradbury.

Le Pays d'Octobre contient la plupart de ces puissantes premières nouvelles aux thèmes neufs et aux images fortes : une foule qui se rassemble toujours chaque fois qu'un accident se produit ; un fermier contraint à faucher un champ de blé éternellement fécond, car l'homme a hérité de la lame de la Mort ; un personnage traqué impitoyablement par un vent implacable et vengeur ; une jeune mère, convaincue que son bébé est un assassin ; une vieille femme, qui trouve l'idée de la mort tellement absurde que son propre décès ne l'arrête pas.

Des classiques du fantastique moderne.

Brenchley (Chaz) : *Dead of Light* (1995 — inédit) / *Dispossession* (1996 — inédit)

Une petite ville du nord de l'Angleterre vit sous la coupe d'une famille qui lui dicte sa loi. Si cette véritable mafia s'est imposée, c'est que tous les membres de la famille Macallan sont investis de terribles pouvoirs surnaturels, liés aux ténèbres et à la nuit. À l'exception de Benedict : sa sœur jumelle Hazel semble avoir hérité à leur naissance de tout le pouvoir disponible. Benedict a coupé les ponts avec ces parents dont il exècre la tyrannie.

Mais un jour, l'inquiétude, puis la peur changent de camp : on retrouve un premier Macallan mort, assassiné de façon horrible et surnaturelle ; un deuxième subit le même sort. Quelqu'un s'est mis en devoir d'exterminer la famille, méticuleusement, en commençant par ses membres les plus faibles.

Isolé et sans défense, Ben se retrouve en fâcheuse posture.

Chaz Brenchley est un auteur qui navigue entre thriller et fantastique, s'adonnant au fil des romans tantôt à l'un, tantôt à l'autre, avec un doigté très sûr et un plaisir d'écriture évident. Il s'est amusé à composer avec les deux genres des hybrides assez réussis comme ce *Dead of Light* qui, avec sa suite, *Light Errant* (récompensée par l'*August Derleth Award* du meilleur roman de l'année en 1998), démontre tout le talent de l'auteur. Brenchley a un don pour dépeindre des adolescents crédibles, vivants, attachants. Il conte ses histoires avec un style alerte, travaillé et savoureux.

Parmi les œuvres de l'auteur qui entrent dans le cadre de ce guide, distinguons également un autre roman policier très curieux, *Dispossession* : un homme se réveille sur un lit d'hôpital après un accident de voiture. Il a perdu la mémoire des six derniers mois et constate avec stupeur que, durant cette période, il a adopté sans raison visible un mode de vie diamétralement opposé à tous les principes qu'il observait auparavant. Pour faire le point sur ce revirement, il va se confier à son meilleur ami, un ange taciturne qui vit à l'extérieur de la ville, dans une caravane. Oui : un ange, présenté le plus naturellement du monde, et dont les origines ne seront jamais élucidées.

Plus récemment, Brenchley a signé **Outremer** (1999-2002), une très belle trilogie de *fantasy*.

Brite (Poppy Z.) : *Contes de la fée verte* (*Swamp Foetus*, 1994 — Denoël, « Présence du futur »)

Le fantôme d'un pirate s'attache aux pas d'une jeune prostituée en lui jurant son amour ; la voix d'un chanteur ne peut retentir sans attirer la mort et la désolation ; dans Calcutta en proie aux morts-vivants, ceux-ci ont trouvé leur déesse...

Les premières œuvres de Poppy Brite ont paru alors que s'achevait le très fugace mouvement *splatterpunk*. À travers des textes poussant assez loin la description de l'abominable, elle a pu sembler prolonger cette envie qu'avaient plusieurs auteurs de travailler dans une horreur influencée par certains des plus sanglants cinéastes italiens fantastiques.

À y regarder de plus près, Brite réactualise plutôt l'inspiration décadente de la fin du XIXe siècle. Fascination envers la mort et la putréfaction, qu'elle n'hésite pas à érotiser, esthétisme de l'homosexualité, recherche des paradis artificiels symbolisée par la référence à l'absinthe, spleen de l'artiste face à son art, rituel de l'apparat, il ne manque pas un raccord de khôl à un catalogue parfois excessif du pittoresque gothique...

Cette ambiance passéiste écrase parfois tellement la narration qu'une nouvelle comme « Sa bouche aura le goût de la fée verte » semble ancrée dans cette fin de siècle révolue, jusqu'à que quelques détails permettent de situer l'action de nos jours.

Mais Brite excelle plus particulièrement dans l'évocation purement sensuelle, magnifiant à plaisir le goût et l'odeur des lieux et des êtres, dont elle impose la présence au fil des lignes. À ce titre, le roman imminent qu'elle veut consacrer à un restaurant de La Nouvelle-Orléans est alléchant à plus d'un titre.

Brite a également écrit plusieurs romans fantastiques, en particulier *Âmes perdues* (1992) ou *Sang d'encre* (1993), qui partagent avec certaines nouvelles de ce recueil des personnages récurrents, Steve et Ghost, et la petite ville de Missing Mile.

Brown (Fredric) : *La Nuit du Jabberwock* (*Night of the Jabberwock*, 1950 — J'ai lu)

Doc Stoeger est le rédacteur en chef d'un petit journal, le *Clarion* de Carmel City. Par une belle nuit d'été mouvementée, il rencontre un curieux individu, Yehudi Smith, qui entame avec lui une discussion sur *Alice au pays des merveilles*. Smith a des théories passablement extravagantes sur les origines de l'inspiration de Lewis Carroll et entreprend d'en faire l'exposé à un Doc étonné…
Mais Smith disparaît brusquement. On le retrouvera mort…
La Nuit du Jabberwock est un roman en trompe l'œil. Bâti comme un texte fantastique ou de science-fiction, suscitant les mêmes réactions de désorientation et de dépaysement, il s'agit en fait d'un roman policier, cousu par Brown à partir de deux nouvelles antérieures. Mais l'enchaînement d'incidents incongrus et de théories farfelues qui semblent cautionner une interprétation non rationnelle rangent ce roman parmi les agréables succédanés.

C'est également un exemple assez aisé à trouver de ces histoires qui se déroulent autour du journal d'une ville de l'Amérique profonde, une situation qui a alimenté tout un pan de l'imaginaire américain au sortir de la guerre, reflet d'une période où la presse écrite représentait pour la majorité de la population leur seule source de nouvelles, leur seule fenêtre sur le monde extérieur.

Ceux qui considéreront le choix de *La Nuit du*

Jabberwock comme un coup de canif dans le contrat posé pour ce guide pourront se retourner vers les recueils de nouvelles de Brown, particulièrement *Fantômes et farfafouilles* (1961). Là, dans le déferlement de nouvelles comiques de cet auteur, détenteur incontesté du titre de champion du texte ultracourt de science-fiction, on trouvera quelques exemples de sa veine plus légitimement fantastique.

Campbell (Ramsey) : *Images anciennes* (*Ancient Images*, 1989 — J'ai lu)

Au bout de deux ans de recherches patientes et méthodiques, Graham Nolan a réussi à mettre la main sur une copie d'un film d'horreur tellement rare que la plupart des spécialistes en nient même l'existence : tournée en Angleterre dans les années trente, l'œuvre s'enorgueillit pourtant d'avoir à son générique les noms de Boris Karloff et de Bela Lugosi.

Graham invite Sandy, une monteuse de ses amies, à une projection privée, le soir même. Mais lorsque Sandy arrive, elle trouve l'appartement ouvert, dévasté, et a juste le temps de voir Graham se précipiter dans le vide pour s'écraser en bas de l'immeuble.

Le film a disparu. A-t-il jamais été là ? Nombre de personnes, et en particulier un critique de cinéma, membre du comité de censure, crient à l'imposture. Pour défendre la mémoire de Graham et prouver qu'il disait vrai, Sandy décide de reprendre l'enquête du cinéphile et de retrouver le film. Mais, au long de ses déplacements, elle croit sans cesse voir, du coin de l'œil, une silhouette filiforme qui la suit.

Le thème du film démoniaque est une variation moderne sur celui du livre maudit. On en trouve d'autres emplois dans *Flicker* de Theodore Roszak, ou *L'Enfant arc-en-ciel* (1989) de Jonathan Carroll. Mais avec *Images anciennes*, Campbell utilise ce concept pour traiter d'une problématique qui lui est chère et qui revient souvent dans ses œuvres : la répression et la censure comme vecteurs des maux qu'elles prétendent combattre. Et plus exactement, dans ce cas précis, de la censure en Angleterre où ont été menées, au cours des années quatre-vingt, plusieurs campagnes alarmistes contre ce qu'une certaine presse appelait les *video nasties* — les saletés vidéo —, des campagnes qui ont débouché sur un renforcement de la censure.

Campbell conduit ici Sandy face à un échantillonnage assez représentatif des divers points de vue sur l'affaire : les critiques qui accusent les films d'horreur d'exercer une influence pernicieuse sur le public ; les amateurs d'effets spéciaux sanglants ; et les cinéphiles plus exigeants. L'auteur déborde même sur certains aspects de l'horreur en général : ainsi le portrait, en passant, de deux anciens libraires londoniens, spécialistes réputés de la littérature fantastique.

Le roman lui-même est tout entier bâti comme une métaphore sur la censure : un film d'horreur a été supprimé, caché, par une minorité qui tire sa prospérité de méfaits récurrents que le film veut dénoncer. Entre eux et une population de gens qui sont désarmés, parce qu'ils nient tout pouvoir à l'image, se dresse une femme dont le métier est de monter les films, c'est-à-dire de juxtaposer les séquences pour que leur sens apparaisse. L'action du roman se situe en 1988, fin de l'ère thatchérienne, et tout l'ouvrage est semé de détails discrets représentatifs d'un certain climat de censure et d'intolérance qui régnait dans le pays — des insultes homophobes dans un pub, des policiers effectuant une saisie contre une librairie porno...

Fortement implanté dans la réalité, ce livre est une belle illustration de la fonction dénonciatrice, voire militante, dont l'horreur et le fantastique sont capables, sans perdre de vue pour autant la nécessité première de raconter une histoire captivante et distrayante.

Carr (John Dickson) : *La Chambre ardente* (*The Burning Court*, 1937 — Le Masque)

1929 : l'auteur Gaudan Cross s'est fait une spécialité de reprendre d'anciennes affaires criminelles pour en tirer des révélations. Or, Edward Stevens a la stupeur de trouver dans le dernier manuscrit de l'auteur à succès la photographie d'une femme, guillotinée en 1858 pour empoisonnement. Et cette vieille image représente le sosie parfait de sa propre épouse !

En consultant le chapitre qui se rapporte au document, Stevens constate que Cross remet en question la thèse officielle sur la mort de son voisin, le vieux Miles Despard. L'homme ne serait pas mort d'une gastro-entérite, mais bien d'un empoisonnement à l'arsenic.

Pourtant, comment cette hypothèse cadrerait-elle avec le témoignage d'un des domestiques, qui a vu le vieux Miles discuter la nuit du meurtre avec une femme «en costume», sortie par une porte... murée depuis deux siècles ?

John Dickson Carr est l'expert absolu des crimes impossibles, avec une affection particulière pour les affaires de chambre close. Un autre auteur s'en était fait une spécialité : G. K. Chesterton, dont les nouvelles basées sur le personnage du père Brown sont poétiques et délicieuses, mais requièrent parfois, sur le strict plan pratique, une certaine indulgence du lecteur. Carr lui a rendu hommage avec le personnage du Dr Fell, un de ses enquêteurs récurrents, qui est au physique le portrait craché de Chesterton.

La Chambre ardente est une mécanique d'une habileté redoutable, qui prend toute son ampleur quand, au problème de savoir si Miles Despard aurait été assassiné par un fantôme, s'ajoute l'énigme de la disparition de son corps d'une crypte murée.

Fantastique et roman à énigme sembleraient antithétiques. Tout le tour de force de ce roman, par ailleurs captivant, qui enchaîne les coups de théâtre à un rythme soutenu, c'est de réussir à faire cohabiter les deux sans contrainte. La solution que propose Carr au terme du roman, par la bouche de Gaudan Cross, est logique, habile... et parfaitement rationnelle. Pour savoir comment l'auteur maintiendra ce roman à énigme dans le domaine du fantastique, le lecteur devra en lire les dernières pages.

Carroll (Jonathan) : *La Morsure de l'ange* (*From the Teeth of Angels*, 1994 — Pocket)

Ian McGann est la proie de rêves étranges : chaque nuit, il s'entretient avec la Mort. Et la Mort lui répond. Ian peut lui poser toutes les questions qu'il veut, avec une unique restriction : s'il ne comprend pas la réponse, il devra en payer le prix au réveil. Par des cicatrices ou des blessures. Et ce, jusqu'à son trépas éventuel.

Pour le moment, il soutient vaillamment l'épreuve, mais la situation ne peut se prolonger indéfiniment. Une de ses proches amies contacte Wyatt Leonard, qui fut vedette à la télévision d'une émission pour enfants et qui affronte actuellement une leucémie en phase terminale. S'il accepte d'accomplir le voyage jusqu'à Vienne, peut-être sera-t-il capable de sauver McGann ?

Jonathan Carroll possède une voix originale. Ses romans sont peuplés de personnages singuliers, créatifs, riches, intelligents — et pourtant charmants. Ses histoires louvoient entre fantastique et réalisme ; *After Silence* (1992), un de ses meilleurs livres, est un pur roman policier, sans fantastique. La fin de ses intrigues tombe souvent comme un couperet, prenant le lecteur par surprise.

Tout cela pourrait aboutir à la version littéraire

d'un magazine *people*. En fait, cet aspect *glamour* est une métaphore : Jonathan Carroll transpose dans notre monde le merveilleux des romans de chevalerie. Vienne ou Hollywood tiennent le rôle de Camelot modernes, vers lesquelles gravitent des gens dotés de talents hors du commun. Leurs aventures entremêlées construisent peu à peu une *Matière de Vienne*, dont le lecteur suit les péripéties d'ouvrage en ouvrage, reconnaissant au détour d'un chapitre tel ou tel personnage d'un roman précédent. Une technique de narration que Carroll reconnaît avoir empruntée au Canadien Robertson Davies, un de ses auteurs favoris.

Carroll possède un vrai talent de conteur, et l'on se délecte du charme de sa prose jusqu'au dénouement, souvent plus âpre que le pittoresque et l'agrément des situations n'aurait pu le laisser deviner en chemin.

Chez Carroll, la magie offre un refuge contre la cruauté du monde. Elle représente une autre face, une autre forme de l'amour, le moteur principal des intrigues : souvent, la magie ne commence à se manifester que lorsque le protagoniste d'un roman a rencontré l'amour. C'est par amour que ses personnages baissent leur garde et prennent des risques.

Et pour Carroll, la Mort n'est pas cette consolatrice qu'on dépeint parfois. C'est un trouble-fête mauvais, une brute sadique qui adore se rappeler à votre mauvais souvenir. Comme dans le conte arabe, elle attend ce soir, à Samarcande. Et contre elle, on ne peut gagner que du temps…

Chabon (Michael) : *The Amazing Adventures of Kavalier and Clay*, 2001 — inédit

1939 : Samuel Klayman – mais il préfère se faire appeler Sam Clay, au désespoir de sa mère – est un jeune Juif pauvre avec de l'ambition. Employé par un marchand de farces et attrapes, Sheldon Annapol, Sam souhaite le convaincre d'investir dans une nouvelle entreprise qui a le vent en poupe : les *comics* de superhéros. Depuis quelques mois, les aventures en bandes dessinées de Superman s'arrachent littéralement. À la veille de présenter son projet à Annapol, Sam voit débarquer chez lui Josef Kavalier, un lointain cousin arrivé de Prague, où sa famille l'a fait échapper au piège nazi qui se referme sur la ville. Josef est un dessinateur beaucoup plus doué que Sam, et le jeune New-Yorkais lui fait part de ses ambitions. Josef accepte de prêter son talent, car il a besoin d'argent ; de beaucoup d'argent, s'il veut espérer un jour faire venir jusqu'à lui le reste de sa famille.

Sam et Josef vont créer The Escapist, un prodigieux maître de l'évasion, doté par la Ligue de la Clé d'or de pouvoirs qui lui permettront de libérer les opprimés du joug de la tyrannie.

Et le succès est au rendez-vous.

Même si Josef Kavalier s'échappe de Prague caché dans un coffre qui renferme le corps du Golem, le vrai Golem, celui du rabbin Löw, *The Amazing Adventures of Kavalier and Clay* n'est pas un roman fantastique. Et pourtant, le fantastique et l'imagination, sous une certaine forme, sont sans cesse au cœur de son discours. Dans cet extraordinaire roman qui a remporté le prix Pulitzer 2001, imagination et réalité se livrent un perpétuel combat. Paradoxalement, l'ouvrage dépeint des personnages prisonniers de leurs aspirations à la libération. En tentant de concrétiser leurs rêves, les protagonistes s'engluent dans le piège de la réalité et de leur époque. C'est en prenant la conscience véritable de leurs limites et de l'univers où ils vivent, à travers une série de péripéties à la fois crédibles et étonnantes, au terme de treize ans d'immersion dans les rêves d'une génération, qu'ils atteindront à une certaine forme de liberté.

Porte-parole manifestes de ces rêves, les superhéros sont à la fois les héritiers spirituels d'une tradition juive qui comprendrait le Golem et Harry Houdini, et l'expression d'un puissant désir d'échapper au quotidien, à une condition sociale, à une époque terrible.

Le roman recrée également avec minutie et amour une période qu'on a baptisée l'âge d'or des *comics*, de leurs origines jusqu'aux célèbres *E.C. Comics*, et rend hommage à de grands créateurs dont les témoignages ont souvent nourri le livre : Will Eisner, Gil Kane, Joe Simon et, surtout, Jack Kirby.

Chappell (Fred) : *Dagon : le dieu-poisson* (*Dagon*, 1968 — Christian Bourgois Éditeur)

Accompagné par sa jeune épouse, Peter Leland vient prendre possession de l'ancienne ferme que lui ont léguée ses grands-parents. Cet austère jeune pasteur a décidé d'écrire une monographie sur les cultes secrets de la région et la symbolique de Dagon, le dieu-poisson des Philistins.

Mais il découvre qu'une famille vit en bordure de la propriété dans une masure. En croisant le regard de la fille de la maison, Mina, indolente et vénéneuse avec son visage ichtyen d'une laideur saisissante, il est invinciblement fasciné. Subjugué, il va se laisser entraîner dans une déchéance absolue, qui le conduira jusqu'à Dagon.

Pour traiter de thèmes typiquement lovecraftiens, ce très étonnant roman emploie une optique et un style réalistes qu'on a davantage l'occasion de voir dans la littérature dite générale. Si Émile Zola avait voulu écrire sa propre version de *Le Cauchemar d'Innsmouth* plutôt que *L'Assommoir*, il aurait peut-être abouti à ce *Dagon*. Une noirceur étouffante y règne, une atmosphère de gothique sudiste qui débouche sur un final ambigu : délivrance, destruction ou transcendance ?

La sobre puissance et l'écriture rigoureuse de ce court roman lui ont d'ailleurs valu le grand prix de l'Académie française. Fred Chappell a signé des nouvelles d'inspiration lovecraftienne, traitées elles aussi dans un style qui prend avec talent ses distances par rapport à son modèle.

Chesterton (G. K.) : *Le Nommé Jeudi : un cauchemar* (*The Man Who Was Thursday : A Nightmare*, 1908 — Gallimard, « L'Imaginaire »)

Nouveau venu dans le quartier bohème de Saffron Park, à Londres, le poète Gabriel Syme exaspère Lucian Gregory. En quelques répliques spirituelles, Syme lui a damé le pion en se montrant plus paradoxal, plus futile et plus fou que lui. Piqué au vif, Gregory veut prouver de quoi il est capable et clouer le bec à ce jeune rival.

Il l'entraîne donc dans un repaire secret, où se réunit une conspiration anarchiste. Chaque membre porte le nom d'un jour de la semaine, et la cabale, qui n'aspire à rien de moins que de renverser Dieu, est dominée par un personnage mystérieux, terriblement intelligent et puissant, Dimanche.

Mais Gregory, qui a fait jurer à Syme de ne jamais rien dévoiler à la police de ce qu'il verra, se trouve encore une fois pris à son propre piège, quand Syme lui fait jurer en retour de ne pas révéler aux autres anarchistes… que Syme est un inspecteur de Scotland Yard !

À la fureur impuissante de Gregory, Syme se retrouve élu au directoire supérieur de la conjuration. Il sera désormais le nommé Jeudi.

Entièrement construit sur le plaisir du paradoxe et de la surprise perpétuelle, ce roman brillant, cocasse et jubilatoire va entraîner son personnage principal dans une ahurissante enquête pour démasquer et mettre hors d'état de nuire les différents membres de ce cénacle de conspirateurs, en remontant la piste jusqu'au mystérieux Dimanche.

À chaque page de ce petit joyau, pétillent la malice et l'habileté de Chesterton, également connu pour ses enquêtes policières où le père Brown démonte les rouages d'une magie apparente.

Sur la révélation finale du roman, interprétée par nombre de critiques comme une vision métaphysique pessimiste de Chesterton sur la nature de l'univers, l'auteur rappela, dans un article publié la veille de sa mort, que le sous-titre de l'ouvrage était : *Un cauchemar*.

Cormier (Robert) : *L'Éclipse* (*Fade*, 1988 — École des Loisirs)

En cette année 1938, la vie est rude à Frenchtown, pour les familles d'origine canadienne qui peuplent cette petite ville de Nouvelle-Angleterre. Les temps sont durs et les conditions de travail dans la seule usine de la région, une fabrique de peignes, plus pénibles encore. Un des grands mystères des Moreaux est la photo de famille sur laquelle ne figure pas l'oncle Adélard. Personne ne sait expliquer l'énigme : il était pourtant présent au moment où le cliché a été pris.

La réponse, Paul Moreaux va la recevoir directement d'Adélard, revenu parmi les siens pour répondre à un mystérieux instinct. Elle se trouve dans le don étrange que partagent l'oncle et le neveu, un don qui se manifeste tous les vingt-cinq ans chez les Moreaux, un pouvoir qui se double d'une malédiction, à cause des responsabilités qu'il entraîne.

Robert Cormier a créé une petite révolution dans le domaine du roman pour adolescents en publiant *La Guerre du chocolat* (1974), un roman si inhabituel pour les habitudes éditoriales qu'il a aidé à redéfinir les collections qui le publiaient. *L'Éclipse* est de la même étoffe, un roman passionnant, à l'ambiance très noire, qui décrit le poids qu'apporte au protagoniste le don dont il se retrouve investi.

L'éclipse, le don de l'invisibilité, comme il faut bien l'appeler, est un pouvoir terriblement tentant, mais dévorant, corrupteur, aliénant. S'il offre des capacités immenses, il repousse peu à peu son détenteur en marge du monde : pour répondre aux exigences de ce don parfois impérieux, Adélard est devenu un voyageur sans attaches ; Paul, au contraire, se cloîtrera dans sa ville natale pour y devenir un écrivain, adulé mais jaloux de sa vie privée.

La construction remarquable remet en question, au terme de la première partie, la réalité de ce que le lecteur vient de lire, avant de plonger plus profond et de dévoiler les pleines implications de cette éclipse et de ses noirceurs.

Crawford (Francis M.) : *Car la vie est dans le sang* (*Wandering Ghosts*, 1911 — NéO)

Au cours d'une traversée maritime, un passager partage sa cabine avec une présence effrayante qui occuperait la couchette supérieure. En Italie, un tumulus au clair de lune semble surmonté d'une forme humaine allongée. Un crâne hurle dès que l'on tente de le déplacer.

F. Marion Crawford connut le succès avec nombre d'ouvrages, dont seule une minorité appartient au genre fantastique, et en particulier *La Sorcière de Prague* (1891). Grand voyageur, il a mis à profit ses expériences pour signer une profusion de récits historiques, qui n'ont pratiquement pas survécu. Perversité de la postérité, cet auteur n'est plus connu désormais que par ses ouvrages fantastiques, et notamment par ses nouvelles, alors qu'elles constituent une part infime de ses écrits.

De fait, ce recueil les rassemble toutes, notamment des classiques maintes fois repris dans les anthologies du genre, comme « La couchette du dessus », chaudement louée par Lovecraft, et « Car la vie est dans le sang », qui donne du vampire une vision bien différente de celle qu'a popularisée Stoker. Les premières pages et l'évocation de ce tumulus sous la lune sont particulièrement saisissantes, la fin de la nouvelle étant plus conventionnelle.

Classiques dans leur structure et dans leur inspiration, ces textes bénéficient d'une narration sobre et efficace. Alors que le style victorien s'embarrassait couramment de circonlocutions, elle vise au but et assure ses coups.

Duguël (Anne) : *La Petite Fille aux araignées*, 1997 (version remaniée — Denoël, « Présence du fantastique »)

Depuis la mort affreuse de sa mère, Miquette se mure dans le silence. Le psychologue ne réussit pas à faire parler cette fillette qui a pour seuls confidents à la clinique Gogol, un enfant retardé, et ses araignées qu'elle élève avec un soin infini.

Mais si Miquette ne dit rien, c'est simplement parce que cela n'aurait aucune utilité. Le psychologue ne peut pas comprendre. Elle sait, elle, ce qui s'est réellement passé. Et comment un jour, avec ses araignées, elle va réparer le drame.

Raconté par la voix drôle et dure de Miquette, du point de vue d'un enfant, ce court roman mêle réalité et fiction, entre maléfice véritable et rêve de magie, s'amusant à brouiller les pistes.

Anne Duguël, en dehors de son œuvre en littérature générale et dans les livres pour enfants, a signé plusieurs romans d'horreur de très bonne facture, ainsi qu'un recueil de nouvelles.

Dunsany (Lord) : *Encore un whisky, Mr Jorkens ?* (*The Travel Tales of Mr Joseph Jorkens*, 1931 — NéO)

Quand on offre un verre de whisky à Mr Jorkens, il ne se fait pas prier pour raconter les voyages qu'il a accomplis, les curiosités qu'il a contemplées, les histoires qu'on lui a rapportées.

Car Mr Jorkens a beaucoup voyagé : il a chassé l'*abou lahib*, rencontré un homme qui a été roi d'un mirage, et bien d'autres merveilles encore.

Non, Mr Jorkens ne *ment* pas. Tout au plus embellit-il peut-être un peu les choses.

On connaît surtout Edward John Moreton Drax Plunkett, Lord Dunsany, comme un auteur extrêmement populaire en son temps, l'un des plus grands maîtres de la *fantasy* moderne et l'un des écrivains favoris de Lovecraft, qui avait assisté à l'une de ses conférences et dont les premiers textes portent fortement l'empreinte du *Pegāna* de l'auteur irlandais.

Mais Dunsany a également contribué au genre des *club tales*, ces recueils de nouvelles reliées ensemble par le principe d'une soirée entre divers interlocuteurs — dont *Les Contes de Canterbury* peuvent être considérés comme un lointain ancêtre.

Dans ce recueil, voisinent des histoires de genres divers, qui jouent avec les bornes du fantastique : tartarinades et contes, humour et nostalgie se côtoient avec bonheur.

Ellison (Harlan) : *La Machine aux yeux bleus* (recueil original, 2001 — Flammarion, « Imagine »)

Classer Harlan Ellison parmi les auteurs fantastiques réduit sans doute sévèrement la description de ses domaines d'activité. Il est l'héritier direct de la génération des Bradbury, Beaumont ou Matheson. *Fantasy*, fantastique ou science-fiction, Ellison a sévi dans tous ces champs, avec succès.

Et s'il demeure aisé de verser certaines de ses nouvelles dans un genre ou dans l'autre, d'autres bafouent toute nomenclature.

Dans « À la dérive au large des îlots de Langerhans, latitude 38° 54' N, longitude 77° 00' 13" W », un loup-garou est expédié à l'intérieur d'un corps humain.

Quant à « L'oiseau de mort », lente progression funèbre en patchwork, dont les fragments s'assemblent pour prendre tout leur sens en fin de parcours, il est sans doute impossible de préciser exactement dans quelle niche elle sera le mieux logée.

La Machine aux yeux bleus n'est pas un recueil exclusivement fantastique, mais on y lira quand même l'histoire de ce joueur qui a tout perdu sur les tables de Las Vegas quand il décide de miser son dernier dollar dans une machine à sous... et décroche un jackpot qui s'inscrit derrière la vitre de la machine sous la forme de trois yeux bleus alignés ; on apprendra la vérité sur ce qui se passait dans la cour intérieure d'un immeuble newyorkais, et quels dieux cruels venaient chercher leur pâture ; et l'on y suivra l'histoire de cet homme, tellement contrarié d'avoir été roulé par un aigrefin, qu'il exerça sans s'en douter une terrible vengeance contre celui-ci.

Les nouvelles d'Ellison s'enrichissent à toutes les sources, légendes ou faits divers, suivant son humeur. Elles sont principalement axées sur les sentiments de leurs protagonistes. Le fantastique en procède, comme une excroissance des passions qui s'exhalent au détour des lignes et de la fureur robuste et féconde de leur auteur.

Ellison cultive également dans l'acte d'écrire un aspect virtuose : il a plus d'une fois composé des nouvelles devant public, exposé dans la vitrine de diverses librairies spécialisées.

Etchison (Dennis) : *Les Domaines de la nuit* (*The Dark Country*, 1982 — Belles Lettres)

Quelques instants d'arrêt en pleine nuit sur une aire de repos, et l'horreur frappe, invisible. Une supérette ouverte vingt-quatre heures sur vingt-quatre, et ce vendeur à l'air hébété qui ne semble pas inconnu. Une femme douée de pouvoirs médiumniques qui aide la police avec un talent extraordinaire, et la volonté déterminée de voir punir les coupables...

Dennis Etchison sait peindre la peur à touches légères, subtiles, de façon si graduelle que l'on ne sait pas à quel moment précis l'on est passé de la réalité au cauchemar. Auteur à ranger sans hésitation dans le camp de l'horreur tranquille, il n'a pas systématiquement recours au surnaturel et joue beaucoup sur l'horreur psychologique.

La Californie qu'il dépeint dans la plupart de ses textes est un territoire d'ensoleillement factice, qui côtoie sans le savoir des flaques d'ombres. Ayez le malheur d'entrer dans ces zones noires, ces failles du système, et vous êtes perdu. Les domaines de la nuit sont ceux de la mort, embusquée aux marges du mode de vie américain.

Ce thème de la mort prédatrice est également le sujet du premier roman d'Etchison, *Darkside* (1986), où une famille doit lutter contre une secte qui adore la mort… et, lors d'un final glaçant, prendre conscience de la force insidieuse de sa séduction.

Dans le fantastique, la mort n'est pas toujours une fin. Mais chez Etchison, elle vous happe par morceaux, préservant assez de lucidité chez sa victime pour accroître sa terreur.

Farris (John) : *Écailles* (*All Heads Turn When The Hunt Goes By*, 1977 — J'ai lu)

En mai 1942, le mariage de Clipper Bradwin tourne au massacre : devant l'autel, alors que la cloche de la vieille chapelle se met à carillonner sans bruit, le marié tire son sabre d'apparat et tue sa future épouse et son père. Dehors, on retrouve un enfant, frappé par un « éclair vert », qui mourra peu après.

Un mois plus tard en Angleterre, Horace Holley, pensionnaire d'une maison de retraite pour les missionnaires d'Afrique, est tué dans des circonstances mystérieuses. On pense à une bombe, mais un démineur qui mène l'enquête entend parler d'un mystérieux éclair vert. Depuis un mois, la victime craignait quelque chose et portait sur lui un fétiche, confectionné lors d'un cauchemardesque séjour en Afrique. Holley avait lui-même prélevé sur le crâne de son fils les morceaux d'os nécessaires. La veille de sa mort, il avait perdu le fétiche.

Deux ans plus tard, les routes de Champ Bradwin, dernier survivant de la famille, et de Jackson Holley, fils du docteur tué en Angleterre, se croisent pour les ramener à Dasharoons, la magnifique plantation des Bradwin, où les drames continuent à se succéder.

John Farris déclare qu'il a détesté chaque ligne d'*Écailles* tandis qu'il l'écrivait. Pourtant, ce roman foisonnant, très noir, érotique et impitoyable, est peut-être son meilleur. Auteur prolifique d'une moisson de romans d'horreur variés, Farris couvre un territoire allant de l'aventure fantastique avec *Catacombs* (1987) à une horreur plus proche de la science-fiction comme *Fury* (1976), adapté au cinéma par Brian de Palma. Avec *Fils de la nuit éternelle* (1984), il a signé un épais roman sur une affaire de possession et, avec *Wildwood* (1987), une adaptation moderne de *La Tempête* de Shakespeare.

En plus de ses qualités de style et de la confrontation entre Afrique et sud des États-Unis, *Écailles* est intéressant par l'emploi qu'y fait Farris du mythe de la lamie, un monstre à la séduction fatale, mi-femme, mi-serpent, qui a inspiré Coleridge, Tennyson et Keats, mais qu'ont peu utilisé les auteurs modernes. On trouvera deux autres apparitions de ce genre de créature dans *Lyrica* (1987) de Thomas Monteleone et *Lamia* (1984) de Tristan Travis, inédit en France.

Finney (Charles) : *Le Cirque du Dr Lao* (*Circus of Dr Lao*, 1935 — J'ai lu)

Un beau jour, l'imprimeur d'Abalone, petite ville perdue d'Arizona, reçoit commande d'une affiche. Dans le texte qui doit y figurer sont décrites, avec force promesses extravagantes, les attractions inouïes que va exhiber un cirque itinérant, les créatures fabuleuses qui seront présentées à la curiosité générale. Mais le cirque n'est désigné par aucun nom.

Lorsque la troupe déploie sa parade dans la rue principale de la ville, elle ne fait défiler que trois chariots. Mais la vision qu'a le public des conducteurs, des bêtes attelées et du contenu des cages varie selon les individus.

Et de ces trois chariots vont émerger tout un champ de foire et une large troupe de monstres et créatures mythologiques.

Les romans fantastiques sur le cirque sont des survivances d'une Amérique rurale, remontant en général à une période antérieure à la Seconde Guerre mondiale, où l'arrivée du cirque dans une petite ville représentait l'exotisme, le dépaysement et la magie. La fiction européenne a peu exploité ce thème, qui a inspiré plusieurs auteurs américains ; on en trouvera d'autres exemples, peut-être directement liés au *Cirque du Dr Lao*, avec Bradbury pour *La Foire des ténèbres*, Charles Beaumont dans sa nouvelle « The Magic Man », ou Tom Reamy dont le *Blind Voices* (1978) entretient des liens étroits avec ce roman de Finney.

Le Cirque du Dr Lao est un roman au ton étrange, où quotidien et extraordinaire se prennent mutuellement à contre-pied, et l'émerveillement répond à contretemps. Le spectacle se clôt sur une étonnante et sanglante apothéose païenne et le départ du cirque, laissant le lecteur s'interroger sur la réalité des événements qu'on vient de lui conter, comme les gens d'Abalone rendus à leur routine — insoucieux, semble-t-il, des morts qui ont endeuillé la petite ville.

Charles Finney, qui n'a aucun lien de parenté avec Jack Finney, a écrit d'autres romans, dont *The Magician of Mandchuria* (1968). Moins notables que cette réussite du bizarre et de l'exotisme, ils sont tous effleurés par une pointe d'orientalisme.

Finney (Jack) : *Le Retour de Marion Marsh* (*Marion's Wall*, 1973 — Denoël, «Présence du fantastique»)

Nick et Jan s'installent enfin dans la maison de leurs rêves : une vénérable victorienne de San Francisco. Lors des travaux de rénovation, en arrachant du mur l'une après l'autre les multiples strates de papier peint, le couple met au jour un message tracé au rouge à lèvres sur une tapisserie remontant à 1926. Il est signé «Marion Marsh». Marion, une jeune fille décidée, avait laissé ce «À nous deux, Hollywood!» avant de partir à Los Angeles tourner un bout d'essai. Mais un accident de voiture l'a tuée à l'aube de sa carrière, et c'est

Joan Crawford qui a décroché le rôle, et connu la réussite que l'on sait.

Nick, l'époux passionné de cinéma muet, déniche un vieux film où Marion fait une apparition en simple figurante. Il constate qu'elle avait assez de présence et de magnétisme personnel pour prétendre à une grande carrière.

Tellement de présence, en fait, que Marion elle-même, suscitée par la vision de ce film dans des lieux où elle a vécu, revient de l'au-delà et investit le corps de Jan. Et Marion découvre avec émerveillement que le monde a beaucoup changé depuis qu'elle est morte, que le cinéma, mieux portant que jamais, se décline désormais en couleurs et qu'elle a désormais une nouvelle chance d'y connaître la gloire.

Jack Finney est le grand auteur de la nostalgie. Qu'il écrive du fantastique, comme ici, ou de la science-fiction, comme dans *L'Invasion des profanateurs* (1955) ou son chef-d'œuvre, *Le Voyage de Simon Morley* (1970), il parle toujours d'un plaisir de vivre menacé, d'une époque ou d'un éden révolus.

Dans le cadre de ce roman visiblement conçu en hommage à Thorne Smith (Marion porte le prénom de la joyeuse morte de *Topper* et périt comme elle en état d'ébriété dans un accident de la route), c'est la nostalgie des fastes de Hollywood au temps du muet que célèbre Finney. À travers la description d'un eldorado mythique où a survécu, intacte, cette époque révolue de véritables dieux et déesses qui captivaient les foules, Finney nous parle d'un rêve insensé de cinéphile :

une cache fabuleuse qui regroupe tous les chefs-d'œuvre d'un art qui prétendait à l'universel et y atteignit quelque temps.

Le triomphe de Marion, ultime sursaut de cette époque enfuie, couronnera et achèvera cette évocation.

Fowler (Christopher) : *Le Diable aux trousses* (*Rune*, 1990 — Pocket)

À travers Londres, une série d'accidents improbables et horribles frappe des gens qu'*a priori* rien ne relie entre eux : seul élément commun, la présence sur les lieux de hiéroglyphes tracés avec des lignes brisées : des caractères runiques. Harry Buckingham, fils d'une des victimes, décide de mener son enquête, parallèlement à celle que conduit l'inspecteur Bryant.

Le roman ne se cache pas de puiser son inspiration première dans « Sortilège », fameuse nouvelle de M. R. James qui inspira le très célèbre film de Jacques Tourneur, *Rendez-vous avec la peur* (1958). En fait, Fowler prolonge l'idée de base de James, en la modernisant.

L'action mêle avec doigté suspense, horreur, et la fantaisie d'une Angleterre à la fois solidement implantée dans la réalité géographique — Fowler connaît très bien Londres, et son amour pour la ville est évident, comme il l'était déjà dans son premier roman, *Le Monde d'en haut* (1988) — et dans ce pittoresque mythique qu'a immortalisé la série *Chapeau melon et bottes de cuir* : un univers d'excentriques et de personnages hors du commun. Une voyante qui lit l'avenir à l'aide de ses chats empaillés est particulièrement réussie.

Les romans de Fowler, qui voguent entre fantastique et suspense, entretiennent souvent des rapports discrets entre eux : le sergent Longbright, aperçu brièvement dans *Le Diable aux trousses*, mène l'enquête dans *Red Bride* (1992), son roman suivant, un thriller dont on pourrait traduire le titre par *La mariée était en rouge*. Chris Fowler a également écrit plusieurs recueils d'excellentes nouvelles. Toutes ne font pas appel au surnaturel, et l'on y détecte une tension très intéressante, entre la passion évidente que Fowler éprouve pour le fantastique, et un scepticisme fondamental qui regimbe à l'employer.

Gallagher (Steven) : *La Vallée des lumières* (*Valley of Lights*, 1987 — J'ai lu)

C'est Alex Volchak, simple policier de Phoenix alerté par un surveillant de motel inquiet, qui découvre dans une chambre trois individus en état de mort clinique, et maintenus dans cet état. Le locataire de la chambre lui échappe de peu, mais, par un raisonnement inspiré, Volchak retrouve sa trace et le capture.

Pourtant, son prisonnier lui jette une phrase de défi et meurt. De son propre choix, semble-t-il. Plus tard, Alex apprendra qu'à peu près au même moment, un des corps du motel s'est levé du lit d'hôpital où on l'avait étendu et s'est enfui.

Le thème du tueur surnaturel capable de changer de corps n'est pas original à Gallagher : Fredric Brown, entre autres, l'utilisait dès 1961 dans un contexte de science-fiction, avec *L'Esprit de la chose*, et le cinéma s'est approprié le sujet depuis, avec *The Hidden* (1987) de Jack Sholder ou *Le Témoin du mal* de Gregory Hoblit. *La Vallée des lumières* est avant tout un roman policier de suspense, sec, nerveux, soutenu par une intrigue solide et des personnages crédibles et captivants. Le sens du détail et la documentation mis en œuvre sont évidents et ajoutent à la force de conviction de l'ouvrage.

Depuis, les romans de Steve Gallagher ont évolué vers des suspenses horrifiques dépourvus d'éléments surnaturels, où il excelle. Sa production romanesque a chuté depuis qu'il a bifurqué vers l'écriture de scénarios pour la télévision anglaise, pour des séries comme *Bugs* ou l'adaptation de certains de ses romans. Pour l'un d'eux, *Oktober* (1987), il a même signé la réalisation.

Grant (Charles) : *Les Proies de l'ombre* (anthologie originale, 1987 — NéO)

Un prêtre qui a surpris l'existence d'un prédateur des villes (« Et l'ombre coule dans ses veines... »), un surveillant de terrain de jeux qui a découvert la vérité sur des attaques contre les enfants qui y jouent (« Quand tous les enfants m'appelleront »), un homme qui veut comprendre pourquoi son voisin creuse la terre au milieu de la nuit (« Creuse »).

Dans les nouvelles de Charles Grant, l'horreur s'abat sur les solitaires. Le danger vient de la foule, du groupe, des prédateurs qui attaquent le faible. Mais on est toujours le faible de quelqu'un.

Auteur de nouvelles, Charles Grant est également anthologiste (la série des **Shadows**) et romancier. Il a publié sous son nom des livres comme *La Force hideuse* (1986) et, sous un nombre impressionnant de pseudonymes, un nombre impressionnant de romans appartenant à un nombre impressionnant de genres. Récemment, il a signé deux ouvrages originaux basés sur la série télévisée *X-Files*, ainsi que plusieurs romans policiers.

Grimwood (Ken) : *Replay* (*Replay*, 1986 — Points Seuil)

Jeff Winston est un homme ordinaire, qui meurt d'une banale crise cardiaque à l'âge de quarante-deux ans…

… et se retrouve en 1963. Il a dix-huit ans, et sa vie est telle qu'il s'en souvenait. Lorsqu'il a enfin assimilé l'énormité de ce qui vient de lui arriver, il commence à prendre ses dispositions : avec sa connaissance des événements à venir, il lui est facile de réussir financièrement cette seconde existence. Un minimum d'exercice lui conserve une forme physique qui devrait le garantir contre le trépas prématuré de sa première existence…

… et pourtant, de façon absurde et injuste, il meurt à nouveau d'une crise cardiaque à l'âge de quarante-deux ans, et se retrouve en 1963, à l'âge de dix-huit ans, prêt à recommencer sa vie.

Il comprend alors qu'il est pris dans une incompréhensible mécanique. Sans répit, il subit ces cycles infernaux. Jusqu'au jour où il prend conscience d'une altération significative dans ce monde qu'il connaît par cœur. Serait-elle causée par la présence de quelqu'un d'autre, prisonnier comme lui du même phénomène incompréhensible ?

Selon le principe du rasoir d'Occam, on ne doit employer, dans toute explication, que les éléments strictement nécessaires. Rien dans ce roman de Ken Grimwood ne suggère l'intervention d'une force surnaturelle. Tout indique, en fait, que la mécanique aveugle qui enchaîne Jeff à ses renaissances répétées est un phénomène physique de nature inconnue. Si, d'un point de vue strict, ce récit appartient donc probablement à la science-fiction, son ambiance et ses thèmes lui ménagent une place honoraire dans le domaine fantastique : le caractère individuel de l'histoire, l'angoisse existentielle de ce nouveau Sisyphe condamné à sans cesse recommencer sa vie, à voir s'effacer les uns après les autres toutes ses réussites et tous ses échecs, lui confèrent une ambiance absurdiste.

La réussite de ce roman captivant tient beaucoup à sa logique imparable : à chaque nouveau départ, le héros agit comme le lecteur l'aurait lui-même fait, et sa frustration devant l'écroulement inévitable de tout ce qu'il édifie éveille la sympathie.

Les surréalistes qui aimaient tant le film *Peter Ibbetson* (1935), d'après un roman de George du

Maurier, où les amants contrariés se rencontraient toute leur vie en rêve, n'auraient sans doute pas désavoué ce roman où l'on se fixe rendez-vous d'une existence à l'autre, par-delà des morts cycliques.

Harris (Thomas) : *Dragon Rouge* (*Red Dragon*, 1981 — Pocket)

Will Graham ne voulait plus s'occuper de tueurs en série. Sa dernière affaire, achevée par l'arrestation d'Hannibal Lecter, dit Hannibal le Cannibale, l'avait convaincu qu'il ne pouvait plus continuer ce métier sans y laisser une partie de sa santé mentale.

Mais le FBI affronte un tueur qui les laisse perplexes. Aucune empreinte, une connaissance parfaite des lieux des crimes. Et le criminel assassine des familles entières.

Le don de Will Graham en fait le meilleur spécialiste de ce genre de cas. Il n'a pas le choix : il doit reprendre le collier.

Le principe du tueur en série est un classique du roman policier. Structurellement, la nécessité d'arrêter le meurtrier avant qu'il frappe à nouveau est un excellent mécanisme pour soutenir l'intrigue.

À la fin des années quatre-vingt, une génération d'auteurs intéressés par l'horreur et comptant parmi leurs sources d'inspiration les *giallo* de Dario Argento et de ses suiveurs commence à employer ce thème sous l'angle de l'horreur et, suivant en cela l'exemple de *Psychose*, se dégage de ses aspects fantastiques. Cette filière finira par faire déboucher nombre de romanciers d'horreur, comme Joe Lansdale, dans le domaine policier.

Dragon Rouge se situe à la croisée des deux genres. C'est un roman policier, au suspense diaboliquement agencé, remarquablement bien documenté ; avec sa suite directe, *Le Silence des agneaux* (1988), il inspirera nombre d'œuvres, tant en littérature qu'au cinéma ou à la télévision (*X-Files*, en tête). Mais Will Graham possède aussi un don, mélange d'instinct naturel surdéveloppé et de pouvoir psychique.

Entre le personnage de Will, enquêteur torturé, capable, pour son plus grand malheur, de penser comme ses proies, et celui d'Hannibal le Cannibale, sorte de Sherlock Holmes pervers, tel qu'il sera développé dans les deux romans ultérieurs de Harris, *Le Silence des agneaux* et *Hannibal* (1999), se joue un duel plus grand que nature.

Non, *Dragon Rouge* n'est pas exactement un roman fantastique. Mais il marque un point important dans l'histoire du genre.

Hearn (Lafcadio) : *Le Mangeur de rêves* (recueil original, 1993 — 10/18)

Lafcadio Hearn a souffert une grande partie de sa vie, à cause de sa petite taille et de sa quasi-cécité. Immigré à l'âge de dix-neuf ans aux États-Unis, il devint journaliste et se forgea un style.

Jugé scandaleux aux États-Unis, où il traduisit des textes de Théophile Gautier et de Pierre Loti, il visita plusieurs pays, avant d'arriver au Japon, où il s'établit, en estimant avoir trouvé le pays qui lui convenait le mieux.

Hearn abandonna la carrière de journaliste pour exercer celle de professeur d'anglais, puis d'écrivain pour assurer l'avenir de sa famille, car il redoutait de ne plus avoir longtemps à vivre. Ses ouvrages sont à la fois des présentations du Japon et des mœurs locales, et des recueils de contes et légendes.

Gagné au culte de la sobriété, Hearn travaillait et retravaillait ses contes jusqu'à en être enfin satisfait. Se jugeant dépourvu d'imagination, il se cantonnait dans l'adaptation d'histoires classiques du Japon et d'autres pays visités. Mais la comparaison entre les versions recueillies par les ethnologues et celles de Hearn montre bien le travail d'appropriation, de style, de création effectué par l'auteur. Il cisèle le matériau de base en en conservant l'identité profonde, comme les statuettes d'ivoire gardent la courbure de la défense dans laquelle on les a taillées.

« Pour moi, dit-il, les mots ont leur couleur, leur forme, leur caractère, ils ont leur visage, leur posture, leurs manières, leurs gesticulations ; ils ont leurs humeurs, leur tempérament, leurs excentricités ; ils ont leur teinte, leur ton, leur personnalité. »

La sobriété du style, préservée en français dans la belle traduction de Marc Logé, opère en synergie remarquable avec le pittoresque des histoires pour donner des textes élégants.

Certains contes appartiennent à la *fantasy*, mais les nombreuses histoires de fantômes satisfont aux critères du fantastique, par-delà l'exotisme. Fantômes amoureux ou vengeurs, vampires ou démons suscités par la passion ou par un pinceau[1], les esprits des eaux, des airs ou de la nuit présents en ces pages effraient et charment à la fois.

Herbert (James) : *Sépulcre* (*Sepulchre*, 1987 — Pocket)

Magma, une multinationale spécialisée dans la recherche des minéraux, fait appel au Bouclier d'Achille, une firme d'une compétence redoutable, qui s'occupe de protéger les individus menacés de kidnapping. Magma souhaite placer sous leur garde un personnage auquel la compagnie attache un prix énorme. Mais certaines conditions inhabituelles sont posées d'emblée, et le Bouclier d'Achille doit se soumettre au secret absolu.

La mission est confiée à un agent expérimenté, Liam Halloran, qui rencontre le client : Félix Kline, un médium capable de détecter pour la compagnie l'emplacement de riches gisements, avec une très faible marge d'erreurs. Magma lui doit sa prospérité.

Kline est convaincu qu'un ennemi va s'en prendre à lui. Or, il refuse de le nommer. Et une fois franchies les bornes de sa propriété à la campagne, il semble bizarrement ne plus rien redouter.

---

[1]. À ce sujet, remarquons que la nouvelle « Le gamin qui dessinait des chats » anticipe par son thème une nouvelle très voisine de l'excellent Michael Marshall Smith, « The Man who Drew Cats » (1988).

Choisir un roman typique de James Herbert n'est pas une tâche facile, car l'auteur se révèle plus versatile que sa réputation ne le laisserait penser. Il a rencontré le succès dès son premier ouvrage, *Les Rats* (1974), qui a donné naissance en Angleterre à une avalanche de romans où divers fléaux animaux s'attaquaient à l'humanité (Harry Adam Knight ou Shaun Hutson ont été particulièrement prolixes en ce domaine); les suiveurs ont bien moins réussi que leur modèle, où les hordes de rats s'en prenaient aux déshérités, aux laissés-pour-compte, en une métaphore dénonciatrice des pouvoirs en place.

Longtemps tenu en piètre estime par les critiques, Herbert a peu à peu vu sa réputation croître, tandis qu'il continuait à renouveler ses sujets. Après plusieurs romans d'horreur, il écrit *Fluke* (1977), roman de fantastique paisible où un homme se trouve réincarné en chien. Herbert s'essaie ensuite avec succès au thriller d'action assaisonné de surnaturel, avec des œuvres comme *La Lance* (1978). Il signe même des romans surnaturels en demi-teintes, proches de l'histoire de fantômes classique, et, chose curieuse, pas encore traduits en France — *Moon* (1985) ou *The Magic Cottage* (1986).

Ses personnages aussi ont beaucoup évolué. De simples figures passe-partout visant à l'identification du lecteur, dans les premiers romans, ils s'affirment au fil du temps. Récemment, dans son roman *Others* (1999), Herbert a donné le premier rôle à un handicapé.

En Grande-Bretagne, les ventes des romans de James Herbert surpassent celles de Stephen King.

Son œuvre la plus récente, *Once* (2002), traite sur le mode horrifique des icônes de la *fantasy*, petit peuple et mauvaises fées.

Hjortsberg (William) : *Angel Heart. Le sabbat dans Central Park* (*Falling Angel*, 1978, Gallimard, « Folio SF ») / *Nevermore* (*Nevermore*, 1994 — Gallimard, « Folio policier »)

1959 : Harry Angel, détective privé un peu miteux, se voit engager par le mystérieux Louis Cypher pour retrouver un chanteur, Johnny Favorite, disparu à la fin de la guerre sans laisser de traces, ni régler une importante dette. Angel remonte la piste qui l'entraînera parmi les pratiquants du vaudou à New York.

1923 : Arthur Conan Doyle est en tournée de conférence aux États-Unis. Harry Houdini se produit sur les scènes et traque les faux médiums. Et Damon Runyon constate dans sa rubrique quotidienne qu'une série de meurtres récents n'est pas sans évoquer certaines des nouvelles les plus connues d'Edgar Poe. Doyle le crédule et Houdini le sceptique vont se trouver mêlés à l'affaire. Et ils ne sont pas seuls. Doyle a plusieurs fois l'occasion de croiser un personnage pâle et mélancolique, qui semble suivre les progrès de l'enquête : le fantôme de Poe.

Deux romans policiers publiés par William Hjortsberg, deux romans qui font intervenir le fantastique de façon originale, au sein d'une enquête policière. *Angel Heart. Le sabbat dans Central*

Park entremêle le thème du pacte avec le diable avec les figures de style du polar noir, à commencer par un détective cynique et revenu de tout dans la lignée du Philip Marlowe de Chandler. *Nevermore* s'attache davantage à la reconstitution pittoresque et attachante d'une époque, et au portrait de deux personnages diamétralement opposés.

Le mélange entre personnages historiques et intrigue fantastique a donné d'excellents résultats, en plus de ce *Nevermore*. Citons en particulier deux romans assez ébouriffants de Mark Frost, *La Liste des Sept* (1993) et *Les Six Messies* (1995), mettant en scène Conan Doyle jeune et le très remarquable agent secret de la reine Victoria, John Sparks. Dans un registre plus proche de Frankenstein, donc d'un fantastique qui lorgne du côté des pseudo-sciences, on lira également avec plaisir *La Machine à eau de Manhattan* (1995), polar new-yorkais d'E. L. Doctorow, situé en 1871 et débutant par l'apparent retour d'entre les morts d'un personnage décédé depuis deux ans.

William Hjorstberg a également signé un roman de science-fiction, *Matières grises* (1971).

Hodgson (William Hope) : *La Maison au bord du monde* (*The House on the Borderland*, 1908 — Terre de brume)

1919 : un manuscrit fragmentaire est découvert fortuitement dans une région retirée d'Irlande, au cœur des ruines d'une maison étonnante. Le narrateur anonyme, un vieil homme, y conte son séjour, en compagnie de sa sœur, leur harcèlement par des hordes de créatures mystérieuses aux mufles de cochon, qui, d'abord furtives, envahissent peu à peu les soubassements de l'édifice avant de se lancer à l'assaut de la maison entière.

Le manuscrit relate également les étranges phénomènes visionnaires qui transportent le narrateur, dans des conditions mal définies, vers les frontières les plus reculées du temps et de l'espace.

L'Anglais William Hope Hodgson a commencé par écrire des contes d'inspiration maritime, alimentés par sa brève carrière dans la marine marchande. Parmi ceux d'essence fantastique, citons «Une voix dans la nuit», qui conte le destin abominable de naufragés, échoués sur une île inconnue. Son roman *Les Canots du Glen Carrig* (1907) reprend cette thématique de l'océan hostile pour suivre l'odyssée de naufragés, errant dans leurs chaloupes de sauvetage sur des mers étranges peuplées de créatures monstrueuses, tandis que *Les Pirates fantômes* (1909) décrit la traque d'un navire par un vaisseau spectral.

En 1913, après l'immense succès du *John Silence* d'Algernon Blackwood, Hodgson publie *Carnacki et les fantômes*, où un détective de l'occulte s'occupe d'affaires aux aspects surnaturels, et emploie pour les résoudre un savoir qui combine l'occulte et la science.

Il publie *La Maison au bord du monde* en 1908. Les scènes finales, dépeignant le destin de l'univers au terme des temps, sont clairement inspirées par *La Machine à explorer le temps* (1895) de Wells. Mais les débuts, la montée inexorable d'un péril grotesque mais insidieux, font de *La Maison au bord du monde* un classique de la littérature d'horreur, par le malaise qu'ils inspirent.

Si le procédé de la découverte d'un manuscrit est courant pour présenter des événements fantastiques, Hodgson s'en sert pour détacher ses fictions du présent et souligner l'aspect intemporel des événements, en atténuant leurs liens avec tout contexte contemporain.

Hodgson n'est pas un styliste irréprochable, et l'on ne sait trop si la structure parfois désordonnée de certains ouvrages est entièrement voulue par lui. Mais elle sert à merveille la vraisemblance du propos. En multipliant les références à des éléments inconnus du lecteur, elle suggère un contexte qui lui restera à jamais mystérieux.

On peut juger que l'auteur a la main plus lourde avec ses histoires d'amour et leurs excès sentimentaux, d'autant plus que Hodgson en fait un emploi répétitif : leitmotiv de *La Maison au bord du monde*, l'histoire d'amour devient le moteur du *Pays de la nuit* (1912), roman de *fantasy* ou de science-fiction, situé sur une Terre de la fin des temps.

Restent une atmosphère d'horreur très efficace, et des images d'une force indéniable.

Jackson (Shirley) : *Maison hantée* (*The Haunting of Hill House*, 1959 — Pocket)

Hill House. Une résidence immense, mauvaise, siège de forces inconnues. Afin d'étudier de plus près les phénomènes qui s'y déroulent, le Dr Montague réunit dans la maison sous un faux prétexte trois sujets d'expérience : Eleanor, une jeune femme fragile que le décès de sa mère tyrannique a récemment laissée désemparée ; Theo, une femme ambiguë dotée de pouvoirs psychiques ; et Luke, un jeune homme cynique qui espère bien hériter de la maison.

Dès l'arrivée d'Eleanor, on assiste à une série de manifestations inexplicables. La jeune femme en vient à croire que la maison l'a choisie. Mais n'est-elle pas plutôt la source de tous les événements de Hill House ?

« Shirley Jackson a probablement réussi à écrire le plus grand roman d'horreur surnaturelle », déclare Lisa Tuttle à propos de *Maison hantée*. Et il est vrai que ce roman est un chef-d'œuvre.

C'est en lisant la relation d'une affaire réelle de maison hantée que Shirley Jackson a eu envie de créer la sienne et d'y faire vivre des chasseurs de fantômes.

Rédigé avec une grande sobriété, l'ouvrage oppose le décor inoubliable de cette demeure malfaisante, son architecture imperceptiblement gauchie, son atmosphère palpable de malveillance, et des personnages, en particulier Eleanor, dont le psychisme entre en résonance avec la puissance de la demeure.

Les premiers et derniers paragraphes du roman installent résolument *Maison hantée* dans le camp de l'horreur surnaturelle, en attribuant à la maison une personnalité, une méchanceté persistantes et intimes, Pourtant, le reste du roman peut aussi bien s'interpréter comme le naufrage de la raison d'Eleanor, en qui certains critiques voient le seul fantôme de la maison.

Shirley Jackson a signé de remarquables nouvelles d'horreur («La loterie», «Un jour ordinaire avec des cacahuètes»…), mais elles sont rarement surnaturelles. Elle a écrit un second roman fantastique, *Nous avons toujours habité le château* (1962). Ses premières œuvres tournaient autour de la multiplication de personnalités, un sujet qui fascine Jackson — *Hangsaman* (1951), *The Bird's Nest* (1954)…

N.B. : Le roman est récemment ressorti sous le titre de *Hantise*, afin de coïncider avec un remake raté de *La Maison du Diable*, l'excellent film que Robert Wise tira du roman en 1963.

James (Henry) : *Le Tour d'écrou* (*The Turn of the Screw*, 1898 — Livre de Poche)

Le tuteur de deux enfants, Miles et Flora, engage une gouvernante. Elle aura pour tâche de s'occuper d'eux pendant qu'il sera absent pour ses affaires, et elle ne devra sous aucun prétexte chercher à le contacter.

La nouvelle gouvernante vient s'installer à Bly, où officie une femme plus âgée, Mrs Grose, et apprend peu à peu que les enfants ont subi l'influence néfaste d'un homme dépravé, Peter Quint, qui aurait également débauché la précédente gouvernante, Miss Jessel, et causé son suicide. Quint est mort accidentellement, mais la nouvelle gouvernante croit voir errer son fantôme et celui de Miss Jessel, venus reprendre les enfants sous leur coupe.

Les hasards de l'ordre alphabétique placent l'un après l'autre dans cette liste deux authentiques chefs-d'œuvre du fantastique. C'est un genre que Henry James a beaucoup pratiqué (ses nouvelles sont réunies en plusieurs recueils, dont *Visites de fantômes*), jouant beaucoup sur la suggestion. Ce goût pour le fantastique lui vint probablement de son père américain, qui affirma qu'un jour, alors qu'il dînait paisiblement, il avait vu le Diable. C'est ce même père qui, en réaction contre le puritanisme qui régnait aux États-Unis, emmena sa famille en Europe pour lui donner « une éducation des sens », faisant de Henry James le plus européen des auteurs américains.

Établi en Angleterre, James atteint avec *Le Tour d'écrou* le sommet de son art dans le domaine du fantastique. Après une entrée en matière classique, une soirée où des amis échangent des histoires de fantômes, nous entrons dans un récit sur lequel le doute planera jusqu'au bout.

Les fantômes qui hantent Flora et Miles sont-ils « réels » ? Ne seraient-ils pas des fantasmes proches de l'hystérie chez cette anonyme gouvernante qui pourrait bien s'être entichée du tuteur absent et chercher de façon inconsciente un motif suffisamment grave pour reprendre contact avec lui ? En fin de compte, sauve-t-elle les enfants ou précipite-t-elle leur perte ?

Cette œuvre, qui a notamment inspiré un magnifique opéra de Benjamin Britten, appartient aux classiques absolus du genre.

James (M.R.) : *Histoires de fantômes complètes* (*The Complete Ghostly Tales of M. R. James*, 1904 — NéO)

La grande évolution que Montague Rhodes James a apportée à l'histoire de fantômes vient de ce que ses spectres ne sont en fait plus des fantômes. Ce sont des démons, des êtres surnaturels maléfiques, généralement dévolus à la garde d'objets anciens, et invoqués par la possession de l'objet. Une araignée géante, une ombre qui progresse de façon insensible mais inexorable vers l'avant-plan d'une gravure, un démon médiéval aperçu de loin, dans l'ombre, une forme invisible répondant à l'appel d'un sifflet d'étain, qui se manifeste en déformant les draps d'un lit vide (une image qui évoque l'apparition finale de *Notre-Dame des Ténèbres* de Leiber) — autant de créatures, aussi terrifiantes qu'originales, mises en scène en ménageant un équilibre savant entre explicite et suggestion, qui ont rajeuni au début du xxe siècle les possibilités de l'histoire de fantômes, et connu de belles adaptations dans divers médias. La BBC a tiré de « Siffle et je viendrai » une remarquable dramatique télévisée, et « Sortilège » a inspiré le grand film de Jacques Tourneur, *Rendez-vous avec la peur*.

Joyce (Graham) : *L'Intercepteur de cauchemars*
(*The Tooth Fairy*, 1996 — Pocket)

Sam Southall a perdu une dent. Événement banal dans la vie d'un enfant. Conseillé par ses camarades, il l'a déposée sous son oreiller, pour que la petite souris vienne durant la nuit l'échanger contre une belle pièce. Réveillé par un bruit, Sam a une grosse surprise : la petite souris est là. Elle s'appelle Quenotte et a l'apparence d'un petit homme crasseux et hargneux, et d'une virilité indéniable, bien embêté d'avoir été vu.

Au long de toute son enfance et son adolescence, Sam va trouver Quenotte attaché à lui, comme un esprit mauvais et lubrique qui va l'influencer et l'encourager à libérer ses mauvais instincts.

Graham Joyce a débuté par un roman très original, *L'Enfer du rêve* (1991), qui décrivait les conséquences d'expériences sur le sommeil lucide chez un groupe de sujets. Toutefois, les personnages manquaient parfois un peu de présence.

Ce léger défaut est corrigé dès l'ouvrage suivant : *Sorcière, ma sœur* (1992) raconte la dérive vers la sorcellerie d'une mère de famille à la suite de sa découverte d'un ancien journal. Joyce y réussit une symbiose parfaite entre psychologie des personnages et emploi du surnaturel. D'ordinaire, le surnaturel apparaît dans les romans fantastiques comme une métaphore, une émanation ou un reflet des personnages eux-mêmes, de leurs problèmes, de leurs névroses. Chez Joyce, le surnaturel se nourrit de la psychologie, et l'enrichit en retour. Les deux aspects sont totalement imbriqués et se renforcent mutuellement.

Ajoutons-y une prédilection pour des décors variés — la Grèce dans *Rêves égarés* (1993), Jérusalem dans *Requiem* (1995), la Dordogne dans *The Storm Watcher* (1999), la Russie dans *Leningrad Nights* (2000), la Thaïlande dans *Smoking Poppy* (2001).

L'Intercepteur de cauchemars aborde un thème, le passage à l'adolescence, qui a beaucoup servi dans le domaine fantastique, et en livre un traitement neuf qui entremêle imaginaire et réalisme, humour et noirceur.

Graham Joyce est un des meilleurs romanciers anglais de fantastique apparus depuis une dizaine d'années. Ses romans ont déjà remporté trois *British Fantasy Awards*.

Kafka (Franz) : *La Métamorphose* (*Die Verwandlung*, 1915 — Gallimard, « Folio »)

Un matin, Gregor Samsa s'éveille sous la forme d'un insecte géant et répugnant : un cancrelat. D'abord soucieux de préserver les apparences, de ménager sa famille en lui épargnant la vision de ce qu'il est devenu, Gregor accepte de plus en plus sa métamorphose, l'assumant comme un châtiment mérité.

La Métamorphose traite de façon explicite du grand traumatisme de Kafka : un père aimé qui ne rend pas cet amour. Elle est au centre du récit, qui décrit la lente soumission de Gregor à un sort qui viole la nature des choses, à une forme ignoble qu'il n'a pas méritée mais qu'il finit par assumer et même par apprécier. Ce motif de la haine incompréhensible d'une autorité supérieure qui s'abat sur un personnage banal revient sous forme plus métaphorique dans les autres ouvrages de Kafka, notamment dans *Le Procès* (1925) ou *Le Château* (1926) : dans le premier, Joseph K. se voit accuser d'un crime inconnu pour lequel il va être jugé, selon des modalités qui lui échappent et dont il ne peut rien savoir. Dans le deuxième, c'est un arpenteur qui, convoqué dans une forteresse, va attendre toute sa vie dans le village au pied des murs qu'arrive le laissez-passer qui le fera entrer dans l'édifice.

La métaphore d'une autorité invisible et indifférente, l'atmosphère absurde de l'univers décrit, l'isolement du héros comme racine de tous ses maux (Alexandre Vialatte, son découvreur et traducteur originel en France, dit de Kafka : « Il se sent seul jusqu'en lui-même ») — tout cela donnera à son œuvre, au-delà de sa seule portée humaine, une résonance universelle, au long d'un siècle qui l'a largement illustrée.

Cette subordination des thèmes de Kafka à l'interprétation totalitaire, au conflit entre l'individu et la société, a plutôt dirigé ses épigones vers la science-fiction. Si l'on trouve les premiers frémissements du thème dans la nouvelle « Bartleby le scribe » de Hermann Melville, où un employé refuse obstinément de faire ce qu'on lui demande, ce sera dans *1984* (1949) d'Orwell que l'on suivra ses développements ultérieurs.

King (Stephen) : *Salem* (*Salem's Lot*, 1975 — Pocket)

Après des années, Ben Mears revient dans sa ville natale de Salem, dans le Maine. Il est écrivain et a décidé de venir s'y installer. Il songe même à louer la maison Marsten, une ruine impressionnante qui se dresse sur une hauteur, aux limites de la bourgade. Du sinistre édifice qu'on dit hanté, Ben a gardé de mauvais souvenirs d'enfance, qu'il aimerait exorciser une bonne fois pour toutes. Mais la maison Marsten a déjà été achetée, probablement par des vacanciers qui la transformeront en résidence secondaire.

La petite ville mène une vie calme, sans histoires.

Pourtant, des incidents étranges et inexplicables commencent à se multiplier.

Peut-être, comme roman le plus représentatif de King, aurait-il fallu choisir *Ça* (1986) ou même *La Ligne verte* (1996) ? Il me semble que l'intérêt de *Salem*, outre celui intrinsèque à l'histoire, vient de ce que King y expose clairement ce qui sera désormais son projet littéraire.

Le sujet, tout d'abord : il s'agit de faire de l'horreur dans la tradition du genre, mais de composer une horreur moderne, qui sache captiver le lecteur par des considérations qui le touchent directement. Ici, l'intrigue est très classique : on reconnaît les grandes lignes du roman *Dracula*, de Bram Stoker, transplanté dans l'Amérique de 1975. King a conservé la trame générale du roman d'origine, bien qu'il ait abandonné sa narration épistolaire.

Le roman fonctionne principalement au premier degré, il n'est ni un pastiche ni une parodie, même si King se permet quelques clins d'œil, à commencer par le personnage de Straker, dont le nom et la description évoqueront pour les amateurs le nom de Stoker et l'apparence du *Nosferatu* (1922) de Murnau.

Parmi les protagonistes, on trouve deux personnages qui serviront beaucoup à King, parfois simultanément : l'écrivain et l'enfant, deux projections de l'auteur, que l'on retrouvera en un couple souvent lié : dès *Shining* (1977), le roman suivant, la dualité est en place, avec Jack et Danny Torrance. On la voit également dans une nouvelle célèbre comme « Le corps » (publiée en 1982 dans le recueil *Différentes saisons*), où le duo devient les versions jeune et adulte du narrateur. Dans son livre *Sur l'écriture* (2001), King reconnaît combien son écriture est personnelle et organique, et combien sa propre personnalité nourrit sa narration — parfois même à son insu.

Enfin, *Salem* est représentatif par la longue mise en place du sujet, qui immerge le lecteur dans une description quasi réaliste des différents habitants, toute une communauté dont, à travers une narration foisonnante où le fantastique monte graduellement, nous allons suivre les destins entrecroisés. Le don de conteur de King est déjà là, dans toute sa force, son goût du détail apparemment anodin ou prosaïque qui sonne juste et évoque beaucoup, ses dialogues et son sens du suspense.

King (Stephen) : *Dead Zone* (*The Dead Zone*, 1979 — Livre de Poche)

Après un accident, Johnny Smith émerge d'un long coma. Sa vie est brisée, il est à la charge de sa mère, bigote et hallucinée, et son cerveau présente une zone nécrosée qui va en se développant. Mais il semble avoir reçu un étrange pouvoir : en touchant des gens, des objets, il capte des visions fugaces et éloquentes de leur futur. D'abord incrédule, il a bientôt la preuve que ce pouvoir est fiable.

En serrant la main d'un candidat à une élection locale, il a une nouvelle vision, absolue et terrible : si cet homme est élu, il entraînera un jour le pays dans une catastrophe irrémédiable.

Mais comment Johnny pourrait-il arrêter le destin ? Qui le croira ?

À la fois le roman le plus rigoureux de King et un de ses plus émouvants, *Dead Zone* touche par le personnage de Johnny Smith, où King réussit sa représentation d'un homme ordinaire, foncièrement bon et intègre.

L'ouvrage est agencé comme une implacable démonstration mathématique, avec hypothèse, vérification et conclusion, une architecture romanesque dont l'évidence rend encore plus poignant le destin de Johnny, déchiré entre deux pôles : le personnage banal qu'évoque son nom passe-partout, et la victime expiatoire dont une mère bigote et demi-folle laisse présager le destin, dans ses délires mystiques.

Kotzwinkle (William) : *Fata Morgana* (*Fata Morgana*, 1977 — Rivages, « Mystère »)

Paris, 1861 : lancé sur les traces du baron Mantes, assassin en série de belles femmes, l'inspecteur Picard voit sa proie lui glisser entre les doigts. Échappant de peu à l'incendie allumé par le baron pour couvrir sa fuite, Picard reste très diminué et se retrouve relégué par ses chefs à des missions subalternes. Ainsi donc, il part enquêter sur Ric Lazare, nouveau venu mystérieux qui se prétend mage et réussit à soutirer des fortunes aux plus grands personnages du Second Empire sans qu'aucune de ses victimes proteste jamais.

Se faisant passer pour un négociant en perles, Picard s'introduit dans une des fastueuses soirées de Lazare, rencontre la belle épouse du maître de maison et se fait promptement démasquer par un automate capable de prédire le futur.

Piqué au vif, Picard se lance dans une enquête sur les véritables origines de Lazare, enquête qui va l'entraîner à travers une bonne partie de l'Europe, vers des révélations qui vont changer son avenir.

William Kotzwinkle est un auteur de romans policiers souvent hors normes, cocasses, voire même farfelus — *Midnight Examiner* (1989), par exemple. *Fata Morgana*, ainsi nommé d'après le célèbre type de mirage qui donne l'illusion de voir des châteaux et des paysages fabuleux dans le ciel, au large de la Sicile, est un roman bâti sur le faux-semblant, l'imitation, le factice. Le texte regorge de jouets, de paysages en miniature, de charlatans habiles et de sensations de déjà-vu. Autant d'indices subliminaux, pour l'inspecteur Picard, héros jouisseur, de la vérité ultime sur Ric Lazare et de l'emprise qu'il va exercer sur lui.

Une construction aussi minutieuse et séduisante que cet automate d'équilibriste que découvrira Picard au cours de sa quête.

Lansdale (Joe) : *Les Enfants du rasoir* (*The Nightrunners*, 1987 — J'ai lu) / *La Mort dans l'Ouest* (*Dead in The West*, 1986 — L'Incertain)

Clyde avait eu envie de violer Becky, un de ses anciens professeurs. Pour s'amuser. Ce devait simplement être la poursuite de la longue série de viols et de meurtres par lesquels lui et sa bande se distrayaient. Mais, appréhendé, il s'est suicidé en se pendant dans sa prison. Plusieurs mois ont passé ; sa victime, Becky, ne se remet toujours pas du traumatisme. En compagnie de son époux, Monty, elle part passer quelque temps dans un chalet au fond des bois.

Mais ils ignorent qu'une Chevrolet noire sillonne les routes en se dirigeant vers leur refuge. Et qu'à son bord se trouve Clyde, ou du moins l'esprit de Clyde, réanimé par le Dieu du Rasoir et abrité par l'un de ses anciens complices.

Les livres de Joe Lansdale reculent rarement devant l'explicite et sont d'une rare crudité. Pourtant, Joe Lansdale a refusé d'être incorporé dans le groupement informel des *splatterpunks*, ces auteurs qui cherchent une poésie dans une horreur explicite. Car si ses romans et nouvelles ne font pas de cadeaux à leurs personnages, si l'horreur et le grotesque s'y doublent fréquemment d'un humour extrêmement noir, Lansdale ne présente pas la violence sous un angle romantique ou complaisant. Et malgré sa gouaille irrévérencieuse façon *Hara Kiri*, le regard reste dur et dépourvu d'indulgence.

On pourrait voir dans *Les Enfants du rasoir* la déclinaison policière de la carrière de Joe Lansdale, un versant qui le mènera, à la fin de l'ère de l'horreur, vers la série de romans policiers qu'il a écrits autour des personnages de Hap Collins et Leonard Pine. L'autre versant, qui met davantage l'accent sur un grotesque hénaurme, sera celui de *La Mort dans l'Ouest* : dans la petite ville de Mud Creek, à l'est du Texas, arrive un prêcheur itinérant, chargé d'un lourd passé et entretenant avec la dive bouteille des rapports trop affectueux. Mais Mud Creek vient d'être le lieu d'un lynchage ignoble. Les victimes sont mortes, mais leur vengeance est en route. Déjà, les passagers de la diligence qui devait desservir Mud Creek ont tous péri en chemin. Et chaque nuit, ils progressent en direction de la ville.

Habitant l'est du Texas, Lansdale est bien placé pour écrire des westerns. Mais ses westerns n'ont rien de classique, sinon par leur trame générale : écrit en hommage aux *pulps*, avec un clin d'œil à la mythologie fantastique de Lovecraft, *La Mort dans l'Ouest* est un roman linéaire écrit avec feu, qui trace de l'Ouest une image probablement bien plus conforme à la réalité que les westerns propres et idéalisés de l'âge d'or de Hollywood.

J'ai déjà évoqué *Hara Kiri*, mais nous sommes souvent plus proches des *Sales blagues* de Vuillemin. Le sang, les viscères et les excréments ne font jamais défaut dans les westerns de Lansdale, mais cette accumulation d'ignominie est désamorcée par un sens constant de la formule, un humour noir acéré comme une lame.

Lansdale a poursuivi cette veine assez personnelle dans des bandes dessinées réinventant radicalement certains personnages classiques de BD western américaine (Jonah Hex, et même le Lone Ranger, pour des aventures qui n'ont plus rien à voir avec ses exploits du temps de la radio ou des *serials*), mais aussi pour une série de romans *steampunk* situés dans un extravagant XIXe siècle parallèle, comme le récent *Zeppelins West* (2001).

Il est également capable d'écrire des textes moins exubérants, plus sages, comme en témoignent deux curiosités : une aventure de Tarzan, *Tarzan's Lost Adventure* (1995), laissée inachevée par Edgar Rice Burroughs et terminée par Lansdale, et *Captured by the Engines* (1991), un roman contant une aventure de... Batman !

Leiber (Fritz) : *Ballet de sorcières* (*Conjure Wife*, 1953 — Le Masque, « Fantastique »)

Norman Saylor est un homme heureux : professeur de sociologie à l'université de Hempnell, il a une belle carrière, pour laquelle il est reconnaissant à son épouse, la belle Tamsyn, de son abnégation à venir s'enterrer dans une petite ville.

Jusqu'au jour où, mû par une curiosité distraite, il jette un coup d'œil dans la pièce de maquillage de Tamsyn et découvre une collection de fioles contenant de la terre de cimetière. Un ingrédient important en magie noire.

Norman est effaré ; et stupéfait, quand Tamsyn lui explique qu'il doit toute sa carrière aux sortilèges de sa femme, à sa capacité à tenir en respect les maléfices des épouses de ses collègues. Car ce sont les femmes qui mènent le monde, et les plus expertes en magie qui le dirigent.

Comment une femme sensée, moderne, peut-elle tenir des propos tellement empreints de superstition et d'obscurantisme ? Norman s'emporte et finit par arracher à Tamsyn la promesse qu'elle va délaisser ce genre de faribles et se conduire en femme normale...

... et il commet ainsi une énorme erreur.

Fritz Leiber est un grand maître de la littérature de genre : on retrouve son nom dans les listes des meilleures œuvres de science-fiction, des meilleures œuvres de *fantasy* et des meilleures œuvres de fantastique. Il s'est attaqué à tout avec un égal bonheur.

Ballet de sorcières est un roman qui date de la période où il écrivait pour la revue *Unknown*, et en porte le cachet : un fantastique modernisé, exploré selon une démarche assez proche de la science-fiction de l'époque. Drôle et terrifiant, ce roman qui sonne comme une version noire, ou tout du moins, plus « réaliste » de *The Passionate*

Witch (1941) de Thorne Smith, est mené à vive allure, pour un résultat inoubliable.

Leiber (Fritz) : *Notre-Dame des Ténèbres* (*Our Lady of Darkness*, 1977 — Denoël, « Présence du fantastique »)

Franz Westen, écrivain, vit depuis longtemps à San Francisco, pour laquelle il ressent autant d'amour que pour les livres. Un jour, en contemplant le paysage par sa fenêtre, il distingue sur Corona Heights, une des éminences qui cernent la ville, une silhouette trouble, qui semble danser au sommet.

Intrigué, il décide de se rendre en excursion sur l'éperon rocheux. Il n'y découvre rien. Mais de là, il aperçoit son propre appartement et a l'impression de distinguer une forme à la fenêtre. Une forme qui ressemble beaucoup au danseur qu'il pensait voir sur Corona Heights.

Bien entendu, en rentrant chez lui, il trouve l'appartement vide. Mais l'incident semble entretenir de curieux rapports avec la théorie abracadabrante que développe un vieux bouquin qu'il a récemment trouvé : *Megalopolisomancie : une nouvelle science des villes* par l'énigmatique Thibaut de Castries.

Paru en 1977, *Notre-Dame des Ténèbres* témoigne de la constante modernité de Fritz Leiber. Alors que démarre la vague de l'horreur, il écrit un roman qui renouvelle complètement l'histoire de fantôme, l'inscrit dans un nouveau cadre tout en jouant sur ses mécanismes les plus inquiétants.

Le roman se loge également dans la dernière phase des œuvres de Leiber, où une forte note d'autobiographie se faufile au long des lignes : Franz Westen vit au n° 811 de Geary Street, comme Leiber lui-même à l'époque, et sa vie d'écrivain méticuleux semble puisée à la vie de Leiber. L'enquête que mène Westen évoque divers auteurs fantastiques des années trente et quarante, tous réunis sous le haut patronage de Howard Philips Lovecraft, avec lequel Leiber, comme nombre d'auteurs débutants, a entretenu à la fin de la vie du Maître de Providence une brève correspondance.

Leiber jongle sans cesse entre faits et fiction, brouillant parfois la frontière entre les deux. Ainsi le nom de Thibaut de Castries évoque-t-il celui d'Alphonse de Castro, obscur mais authentique auteur dont Lovecraft révisa une nouvelle. En ancrant sa passionnante histoire d'horreur dans le passé de San Francisco et son cortège de mages plus ou moins illuminés, Leiber nous parle ici de son amour des livres, de sa ville, de sa vie.

Il poursuivra cette veine dans nombre de nouvelles tardives, « Le fondeur de boutons » en 1979, ou « Horrible Imaginings » en 1982, longues et magnifiques tranches de vie souvent à peine maquillées en fiction, éraflées au passage par une ombre venue de l'au-delà, tantôt inquiétante, tantôt séduisante. Une fiction où un auteur vieillissant qui pourrait s'appeler Fritz Leiber se décrit dans un style fort et élégant.

De toute la brillante carrière de Leiber le nouvelliste, qui compte tant de réussites qu'on serait bien en peine d'en dresser le catalogue, ces ultimes joyaux sont peut-être les plus émouvants.

Ligny (Jean-Marc) : *Yoro si* (1991 — Denoël, « Présence du fantastique ») / *La mort peut danser* (1994 — Denoël, « Présence du futur »)

Simon et Karine sont partis en Afrique, à Bobo-Dioulasso, parce que Simon voulait apprendre à jouer du balafon.

Mais au marché de la ville, Simon se voit proposer de visiter une bourgade voisine où il pourra réellement apprendre les secrets de l'instrument. Karine étant absente, Simon accepte seul l'invitation.

Contrairement à ce qu'il appréhendait, les gens au village l'accueillent volontiers. Un peu trop. Parti pour un soir, Simon se retrouve bloqué. Et quand Karine, inquiète de son absence, va trouver la police au bout de quelques jours, elle réussit simplement à découvrir que Simon est parti pour Yoro Si.

Seul problème : aucun policier ne connaît de village nommé Yoro Si.

Dans *La mort peut danser*, Alyz et Bran, après l'échec de leur groupe en Australie, décident subitement d'aller s'installer en Irlande. L'initiative vient d'Alyz, et les événements conspirent à la faciliter.

Mais l'Irlande a un étrange effet sur Alyz. Elle fait des rêves, a des visions, un bûcher, des pays merveilleux. Et quand elle chante, parfois, elle est capable de prodiges vocaux, d'un chant magique. Une voix céleste qui attire l'attention d'un producteur, et lui vaut bientôt un succès public. Mais cette voix lui appartient-elle vraiment ? N'aurait-elle pas un rapport avec une prophétesse brûlée vive dans la région, au XIIe siècle ?

Deux romans de fantastique dont les trajectoires semblent exactement symétriques : dans *Yoro si*, le couple voyage vers le sud, entraîné par l'envie du mari d'apprendre à jouer d'un instrument de musique réputé magique. Dans *La mort peut danser*, un couple part vers le nord, attiré par les visions de la femme, et l'espoir d'une inspiration renouvelée.

En fait, ces deux romans passionnants, riches en couleur locale (Ligny a écrit *Yoro si* après un voyage de documentation), expriment une thématique proche : dans les deux cas, la musique est un sortilège, une puissance magique qu'il faut apprendre à dompter pour ne pas être dévoré par elle. Dans l'un, cette puissance se manifeste à travers une possession par les mânes d'une poétesse ; dans l'autre, elle représente l'enjeu d'un combat magique avec un sorcier malfaisant.

Lindsay (Joan) : *Picnic at Hanging Rock* (*Picnic at Hanging Rock*, 1968 — Livre de Poche)

Le jour de la Saint-Valentin 1900, les élèves d'un pensionnat pour jeunes filles situé au cœur de l'Australie partent pique-niquer sur un petit massif volcanique local, Hanging Rock. Au cours de l'après-midi, quatre d'entre elles font l'ascension du rocher.

L'une d'elles reviendra en courant, au bord de l'hystérie, incohérente et traumatisée. Les trois autres, ainsi qu'une de leurs professeurs, partie discrètement et aperçue en train de gravir le massif, en jupons, ont disparu sans laisser de traces.

Cette énigme centrale du roman, qui ne trouvera jamais de solution malgré l'étrange réapparition d'une des trois disparues, amnésique, puise tout d'abord sa force vertigineuse dans sa véracité : le roman se fonde sur un fait divers authentique, et les personnages qui y apparaissent sont bien les protagonistes de l'affaire.

Mais Joan Lindsay, australienne elle-même, transmute les événements par une narration extrêmement sensuelle et ambiguë. On ne saura jamais où ont disparu les deux dernières pensionnaires de l'école de Mrs Appleyard, pas même si leur disparition les a menées vers une tragédie ou une transcendance.

Le roman oppose habilement deux interprétations : l'horreur, avec les disparitions elles-mêmes, le vertige qu'inspire leur apparente impossibilité et les désastreuses conséquences qu'elles ont sur la petite communauté locale ; et un fantastique naturel, la suggestion d'une libération, portée par la description du paysage estival. Disparues un jour de Saint-Valentin, fête des amoureux, les jeunes filles se délestent d'une partie de leurs vêtements au fil de leur ascension. Le professeur volatilisé est aperçu pour la dernière fois en sous-vêtements, tenue ahurissante pour une vieille fille aussi encroûtée dans les convenances. Cette lutte sourde et feutrée des conventions britanniques contre une nature charnelle, érotique, n'est nulle part mieux suggérée que dans la lente dégradation de Mrs Appleyard. Figure digne et rigide, impeccablement sanglée dans son corset, elle va lentement décliner sous le coup porté, symbole du puritanisme victorien vaincu par la sensualité panique d'un pays sauvage.

Signalons que le roman a donné lieu en 1975 à une remarquable adaptation au cinéma, tournée par Peter Weir.

Lovecraft (H. P.) : *L'Affaire Charles Dexter Ward* (1927 — J'ai lu)

Charles Dexter Ward s'est enfui de l'asile d'aliénés où on l'avait interné. Doux et rêveur, l'individu avait sombré dans la folie à la suite d'un intérêt morbide pour son sinistre ancêtre, Joseph Curwen, accusé de sorcellerie au cours de la seconde moitié du XVIIIe siècle. Peut-être cette fascination est-elle née de la ressemblance frappante que présentait Ward avec le portrait de son ancêtre ? Peu importe : ses travaux sur les sels essentiels des êtres vivants, notamment, semblent avoir eu raison de la santé mentale de Ward.

De l'avis de tous, après certaines expériences mystérieuses, *il n'a plus jamais été le même*.

Habilement menée, l'intrigue joue sur les attentes du lecteur, en lui laissant entrevoir une affaire de possession au-delà de la tombe. La vérité est tout autre, et beaucoup plus brutale.

Seul roman de Lovecraft ou, du moins, longue nouvelle présentée comme un roman, *L'Affaire Charles Dexter Ward* est construite sur le principe, fréquent chez l'auteur, d'une révélation graduelle qui culmine par un choc final. Lovecraft semble avoir mis beaucoup de lui-même dans ce texte : sa description de la jeunesse de Ward entretient beaucoup de points communs avec celle de l'auteur. Il donne libre cours à sa passion pour le XVIIIe siècle à travers l'évocation de la Nouvelle-Angleterre du temps et ses pastiches du style d'époque des « documents » cités au fil du texte.

Son style, hérité de son admiration pour Poe et souvent emphatique, évoluera lentement au long de la carrière de Lovecraft vers plus de sobriété, sans jamais y atteindre vraiment. Mais si le ton incantatoire de cette prose n'échappe pas aux critiques, il possède un certain charme et de l'efficacité, pour qui se laisse emporter par lui.

Charles Dexter Ward se classe dans ce qui a été baptisé après la mort de Lovecraft le **Mythe de Cthulhu**, du nom du dieu monstrueux le plus connu du panthéon lovecraftien. À la différence de la plupart des nouvelles de ce cycle et, en particulier, des plus tardives, nous avons bien affaire ici à une histoire employant le surnaturel, où sortilèges et invocations permettent aux sels essentiels d'exprimer tout leur potentiel.

La thématique de Lovecraft évoluera au fil du temps vers une rationalisation de ses dieux anciens, qui se révéleront être des formes de vie extraterrestres ou extradimensionnelles, maîtres de connaissances au-delà de nos propres sens et capacités.

En cela, Lovecraft a lancé l'horreur vers une direction peu exploitée, en la détachant du surnaturel pour susciter le vertige existentiel qui s'empare de l'homme face à l'univers.

Machen (Arthur) : *Le Grand Dieu Pan* (*The Great God Pan*, 1890 — Librio)

Un médecin, le Dr Raymond, procède sur Marie, une charmante jeune femme, à une expérience chirurgicale censée lui permettre de voir au-delà des limites de la perception humaine. À son réveil, la patiente ouvre des yeux étrangement lumineux et pousse un hurlement de terreur absolue.

Plusieurs années plus tard, une jeune fille nommée Helen Vaughan commence à défrayer la chronique. Des anecdotes horribles émaillent les comptes rendus de son enfance. Et bientôt une femme d'une singulière beauté fait parler d'elle à Londres. C'est Helen Vaughan, et les morts étranges s'accumulent dans son sillage.

Dans cette longue nouvelle, Arthur Machen joue avec un de ses thèmes de prédilection, celui de la vision transcendante d'une réalité superposée à la nôtre et échappant à nos sens.

C'est parce qu'elle est la fille de la malheureuse Marie, née neuf mois après l'expérience du Dr Raymond, que Helen répand le mal derrière elle. Elle représente une transition entre deux réalités, et ouvre à ses victimes des aperçus sur l'autre réalité, où règne ce que Raymond a appelé « le grand dieu Pan », et pourrait bien être ce que nous nommons couramment le Diable.

Le Grand Dieu Pan est le premier de trois ouvrages thématiques proches qui ont valu à Machen sa renommée, avec *Les Trois Imposteurs* (1895), qui regroupe plusieurs nouvelles dépeignant des races dégénérées d'êtres obéissant à la magie, et la recréation de la frénésie du Sabbat par des produits pharmaceutiques ; et *La Colline des rêves* (1897), un roman à fortes résonances autobiographiques, qui dépeint les angoisses d'un écrivain, « maudit » par son contact d'une autre réalité et la présence de ce qu'il appelle un « faune », un habitant de ce lieu dont les pensées l'emprisonnent de plus en plus.

Marasco (Robert) : *Notre vénérée chérie* (*Burnt Offerings*, 1973 — NéO)

C'est une si belle maison : dans leur appartement new-yorkais exigu et bruyant, les Rolfe n'auraient jamais osé rêver d'une telle aubaine. Pour une bouchée de pain, la gigantesque demeure leur appartiendra pendant tout l'été : propriété immense, rideau de forêt pour se protéger du monde, bord de mer, piscine. Certes, les lieux sont en triste état, mais Marian, la mère, amateur de beaux objets, sera enchantée de donner un coup de neuf à tous ces trésors. Les Allardyce, ses propriétaires, n'ont qu'une seule exigence insolite : leur mère, leur « vénérée chérie », trop âgée, restera dans la maison. Mais les Rolfe ne la verront sans doute pas, elle quitte rarement sa chambre. Il leur suffira de déposer un plateau-repas, trois fois par jour, devant la porte de Mère.

Et les Rolfe s'installent pour l'été au 17, Shore Road — Marian, Ben, leur jeune fils David et la tante Elizabeth, encore verte à soixante-quatorze ans. Marian se consacre à la maison.

Un jour qu'on étrenne la piscine vétuste, un jeu entre Ben et David dégénère. Ben est horrifié de sa propre brutalité.

Le lendemain, Marian constate que la piscine semble plus propre, plus neuve. Restaurée.

Suspense vénéneux à la tension soutenue, *Notre vénérée chérie* est le récit d'un piège trop tentant pour qu'on lui résiste. Si le reste de sa famille ne se doute pas du potentiel maléfique de la maison, Marian l'entrevoit assez vite. Mais elle n'y croit pas, ne *veut* pas y croire, même quand la preuve atroce lui en est donnée : trop captivée, séduite par le décor prodigieux de cette résidence en pleine résurrection, par cette demeure qui exauce tous ses rêves de propriété, et par son amour des beaux objets.

Si l'on retrouve dans le roman de vagues échos de *Maison hantée* de Shirley Jackson, l'accent de l'ouvrage porte sur des considérations radicalement différentes. « Nous pouvons tous revendiquer notre petite part du 17, Shore Road, et nous avons tous sauté, de notre plein gré, dans l'enfer de la propriété privée », en dit Stephen King. On retrouvera une autre thématique de ce roman durant la grande vogue de l'horreur : celle des citadins qui fuient l'enfer de la ville pour la campagne, et des sorts effroyables.

Martin (G. R. R.) : *Armageddon Rag* (*The Armageddon Rag*, 1983 — Pocket)

Les Nazgûl incarnaient l'esprit des années soixante. Leurs chansons étaient en prise directe sur l'âme de l'époque, les membres du groupe excellaient dans leurs divers rôles. Pour certains, les années soixante ont vraiment pris fin lors du désastreux concert de West Mesa, qui a mis un point final à la carrière des Nazgûl, quelques jours avant la parution de leur œuvre culte, l'album noir, avec son morceau marathon en face deux, *The Armageddon Rag*.

À l'époque, Sandy Blair était journaliste pour un journal alternatif, et il a plusieurs fois interviewé les Nazgûl. Dix ans après, il est écrivain, avec un quatrième roman obstinément bloqué à la page trente-sept. Aussi accueille-t-il d'une oreille favorable la proposition de son ancien journal d'enquêter sur le meurtre de Jamie Lynch, l'ancien manager des Nazgûl.

Mais en découvrant les conditions exactes du meurtre de Jamie, mort le cœur arraché, Sandy est persuadé que les Nazgûl sont au centre de l'affaire. Il décide d'aller les interroger, et en profitera pour rendre visite à ses anciens amis, faire avec eux le point sur leurs vies actuelles.

Sandy acquiert vite la conviction que quelqu'un cherche à reformer les Nazgûl. Mais qui ? Pourquoi ? Et comment pourrait-on y réussir, puisque l'un des membres du groupe est mort depuis longtemps ?

Roman fantastique au sens où l'entend Todorov, *Armageddon Rag* est avant tout une reconstitution passionnante et passionnée de l'esprit des années soixante, qui dresse, dix ans après, un portrait bilan de ce qu'est devenue la génération de la révolte. Les anciens amis de Sandy offrent une palette assez étendue des trajectoires suivies par les anciens du mouvement : certains sont restés fidèles à leurs idéaux, d'autres les ont abandonnés, un petit nombre enfin ont payé au prix fort leur rébellion d'antan.

Mais *Armageddon Rag* est aussi un roman d'amour à ce que le rock a représenté pour une génération, la voix de leurs revendications, l'expression de leurs rêves. Les descriptions des concerts des Nazgûl sont d'ailleurs un des temps forts du roman. C'est parce qu'il était le porte-parole d'une génération que certains voient dans le groupe la possibilité du retour d'un temps où tout semblait possible, où la victoire semblait à portée de main.

Mais peut-on revenir en arrière pour retrouver ce moment ? Et d'ailleurs les buts de ceux qui souhaitent la réunion des Nazgûl sont-ils bien tels qu'ils apparaissent ?

George R. R. Martin, nouvelliste et auteur de beaux romans de science-fiction comme *L'Agonie de la lumière* (1977) et, avec Lisa Tuttle, *Elle qui chevauche les tempêtes* (1981), superviseur et scénariste de série télévisées comme *La Belle et la Bête* ou *La Cinquième Dimension*, a également signé d'excellents romans et nouvelles fantastiques. Citons, avant cet *Armageddon Rag*, *Fevre Dream* (1982), une lyrique histoire de vampire au temps glorieux des bateaux à aube sur le Mississippi (*Armageddon Rag* adresse d'ailleurs un clin d'œil à ce roman antérieur, par le biais d'un groupe fictif qu'on y cite). Martin s'est depuis tourné, avec la même réussite, vers la *fantasy*, avec le cycle **La Glace et le feu**.

Masterton (Graham) : *Manitou* (*The Manitou*, 1975 — Pocket)

Lorsque Karen Tandy va rendre visite à Harry Erskine, elle veut absolument connaître son avenir. Harry est un voyant que lui a recommandé sa tante. Un homme très sympathique, même si c'est un parfait charlatan. Karen n'est pas crédule, mais elle a surtout besoin de réconfort. Car sur sa nuque se développe une tumeur. Une tumeur étrange. En trois jours, elle a déjà enflé dans des proportions extraordinaires. Et l'on perçoit *des mouvements* à l'intérieur. En fait, une radio a montré qu'elle contenait un embryon humain en pleine croissance.

Lorsqu'une intervention chirurgicale visant à retirer la tumeur échoue, Harry, en dépit de sa totale absence de dons pour l'occulte et le paranormal, enquête sur l'affaire et sur le rêve qui hante Karen : un bateau hollandais à l'ancre, enveloppé par une aura de terreur.

Il a bientôt la certitude que la tumeur contient Misquamacus, puissant sorcier indien en train de revenir à la vie, pour venger la défaite de son peuple.

Né en Écosse, Graham Masterton est un auteur prolifique, dont *Manitou* (initialement publié sous le titre *Le Faiseur d'épouvantes*, en liaison avec le film qui en avait été tiré) est le premier roman d'horreur, après quelques guides de conseils érotiques. Il prolongera d'ailleurs ce roman par deux volets supplémentaires où Misquamacus (un personnage emprunté à Lovecraft et à son *Affaire Charles Dexter Ward*) tentera de mener à bien ses plans néfastes : *La Revanche de Manitou* (1979) et *L'Ombre du Manitou* (1992). Masterton a une production abondante, et ses romans, extrêmement populaires, en particulier en France, combinent vigueur et humour noir.

Pour alimenter le flot de ses ouvrages, Masterton a puisé son inspiration dans l'imaginaire de divers pays — le Proche-Orient avec *Le Djinn* (1977) ou le Japon avec *Tengu* (1983) — et même dans les œuvres de ses collègues : avec *Le Portrait du mal* (1985), il a donné une suite au *Portrait de Dorian Gray*, et, avec *Le Miroir de Satan* (1987), prolongé *Alice au pays des merveilles* (1865) de Lewis Carroll dans des directions inattendues.

Matheson (Richard) : *Le Jeune Homme, la mort et le temps* (*Bid Time Return*, 1975 — Gallimard, «Folio SF»)

Richard Collier n'a que trente-six ans, mais sa vie est terminée : une tumeur inopérable sur le lobe temporal. Il traverse la Californie au hasard, s'arrête dans un hôtel. Un hôtel d'un âge certain, remontant sans doute à l'ère victorienne.

Et là, par hasard, il voit le programme d'une pièce jouée dans le théâtre de l'hôtel en 1896. Avec la photo d'une actrice. Elle s'appelle Elise McKenna. Elle est très belle et Richard Collier en tombe amoureux. Éperdument, irrémédiablement.

Bien entendu, c'est un amour impossible, absurde.

Mais Richard est fou amoureux, et il n'a plus rien à perdre. Il décide donc qu'il va rejoindre cette femme en 1896.

Bien entendu, sa décision va à l'encontre de toutes les lois de la raison. Mais qu'a-t-il à perdre ?

Que peut-on dire de Richard Matheson ? Cet auteur a excellé dans tous les domaines où il s'est investi, et ces domaines sont légion. Le policier avec *Les Seins de glace* (1953) ; la science-fiction pour *L'homme qui rétrécit* (1956) et *Je suis une légende* (1954), ce dernier roman inversant un des mythes du fantastique pour l'appliquer à un univers de science-fiction ; l'horreur dans *Hypnose* (1958) ou *La Maison des damnés* (1971) ; le fantastique à travers *Le Jeune Homme, la mort et le temps* (1975) ou *Au-delà de nos rêves* (1978). Des romans autant que des nouvelles. Des scénarios pour la télévision ou le cinéma : *Duel* (1971) pour Steven Spielberg, *Quelque part dans le temps* (1980) d'après le roman ici présenté, *Les Vierges de Satan* (1968) d'après le roman de Dennis Wheatley.

Dans ses histoires d'horreur, Matheson développe un sens aigu de la paranoïa. Ses nouvelles, qui mêlent allégrement horreur, fantastique, science-fiction, voire même humour, ont été récemment réunies en une intégrale, pas tout à fait intégrale, de cinq volumes.

Signe que le talent a peut-être bien des bases génétiques, son fils, Richard Christian Matheson, a notamment composé de très belles nouvelles d'horreur moderne, réunies dans le recueil *Scars and Other Distinguishing Marks* (1987).

McCammon (Robert) : *Le Mystère du lac* (*Boy's Life*, 1991 — Pocket)

En cette année 1964, Cory Mackenson a onze ans, et la ville de Zephyr, en Alabama, regorge pour lui de monstres et de merveilles. Tous les ans, pour le vendredi saint, les Noirs de la ville ne viennent-ils pas jeter une offrande au serpent géant qui vit dans la rivière locale, dans le but de l'apaiser ?

Mais un matin, en accompagnant son père, laitier, dans sa tournée, Cory est témoin avec lui d'un événement stupéfiant : une voiture est précipitée dans le lac, avec à l'intérieur un homme nu, roué de coups, menotté au volant.

Son père, qui a plongé pour tenter en vain de

sauver le conducteur, reste traumatisé par cette scène.

Robert McCammon est un auteur qui semble avoir pris Stephen King comme inspiration immédiate : à chacun de ses premiers romans, on peut attribuer le titre de King qui correspond. Mais les apparences sont trompeuses : si *They Thirst !* (1981) rappelle étrangement *Salem* et si *Swan Song* (1987) a un air de famille avec *Le Fléau* (1978), McCammon traite les sujets dans une veine assez différente de King.

Depuis, l'auteur s'est détaché de son modèle, pour écrire des romans d'inspiration plus originale. *L'Heure du loup* (1989) est un sympathique bouquin d'aventures où un loup-garou combat les armées nazies pendant la Seconde Guerre mondiale. Quant à ce *Mystère du lac*, il trace le portrait exubérant d'une enfance chimérique, narre une fausse autobiographie magique et délirante où les événements les plus surnaturels sont traités à égalité avec ceux de la vie quotidienne, où imaginaire et réel sont en lutte permanente. Si un dinosaure peut se retrouver lâché dans la rue principale de Zephyr, si les enfants peuvent se sentir terrifiés par la possibilité d'une invasion de Martiens, comme celle qu'ils ont vue au cinéma, le vrai danger, les craintes véritables naissent plutôt de l'alcoolisme et de la violence d'un père.

McDowell (Michael) : *Cauchemar de sable* (*The Elementals*, 1981 — Pocket)

Après le décès de Marian Savage et une curieuse cérémonie funèbre, Luker McCray et sa fille India vont passer quelque temps à Beldame, la demeure ancestrale des Savage. Demeure, ou plutôt demeures, car la propriété comprend trois maisons identiques dressées sur un banc de sable blanc, sur les bords du golfe du Mexique. La troisième bâtisse est à demi engloutie par une dune, et inspire un respect inquiet à la famille. Car elle serait hantée.

Les apparitions de la maison engloutie dans le sable ne sont pas des fantômes classiques. Selon Odessa, la servante, ce sont en fait des esprits élémentaires, et ils sont d'autant plus dangereux qu'ils sont imprévisibles, incompréhensibles.

Bâti autour de l'image très forte de ces trois maisons sur leur banc de sable, le roman de Michael McDowell développe les thèmes favoris de cet auteur, et, notamment, un surnaturel gouverné par des forces inexplicables et déroutantes. Autour de la cellule familiale recomposée au centre du roman — la jeune India, son père homosexuel et la servante noire —, gravite la vraie famille, une de ces familles sudistes beaucoup moins fiables, que McDowell prend plaisir à dépeindre.

Sur ces gens qui s'exposent avec un certain fatalisme à des puissances dont ils ignorent la nature réelle et les origines véritables, pèse une menace diffuse, angoissante. Tout juste aura-t-on le sentiment imprécis, en voyant les formes qu'adoptent les capricieuses apparitions, qu'elles ont été suscitées par un drame que la famille veut taire. McDowell utilise souvent la vengeance comme moteur de ses intrigues, non par conviction personnelle, mais par préférence de construction.

On retrouvera cette ambiance de gothique sudiste dans la saga familiale ***Blackwater*** (1982), six tomes publiés comme un véritable feuilleton par McDowell, dix ans avant que Stephen King et sa *Ligne verte* ne reprennent le principe avec plus de médiatisation. La famille Caskey se noue et se dénoue au gré d'affinités électives, les parents d'enfants qu'ils ne souhaitent pas les cédant le plus naturellement du monde aux membres de la famille qui en désirent, à la satisfaction générale. L'intrigue suit les fortunes de la famille sur trente années d'histoire et met notamment aux prises pour la suprématie ses deux terribles matriarches : Mary-Love, despotique et implacable, et Elinor, la plus humaine des deux, en dépit de son origine. Car Elinor, découverte dans une chambre d'hôtel au terme d'une crue du Perdido, est en réalité un monstre sorti des eaux, qui se repaît, à l'occasion, de victimes humaines.

L'inversion des rôles, un certain régionalisme — *Cauchemar de sable* et *Les Brumes de Babylone* (1980) s'enracinent en Alabama, région natale de cet admirateur d'Eudora Welty — et l'ironie noire sont des caractéristiques de McDowell, auteur qui revendiquait son statut d'écrivain commercial : sa production très variée, romans historiques, horreur, action, comédies romantiques, fut, à l'exception de *Toplin*, publiée directement en livre de poche.

Le démarrage de sa carrière à Hollywood, où il écrit notamment le scénario du *Beetlejuice* (1988) de Tim Burton, a porté à son œuvre un coup d'arrêt que son décès prématuré a entériné en 1999.

McDowell (Michael) : *Toplin* (*Toplin*, 1985 — Éditions Greco)

Une attaque par des mouettes a muré le narrateur dans une vision du monde en noir et blanc, et une existence réinterprétée au gré de fantasmes paranoïaques et de rituels maniaques. Un jour, dans une cafétéria, il croise le regard d'une serveuse hideuse, dont nul autre que lui ne semble remarquer la laideur, et il comprend qu'elle lui demande de la tuer.

Il décide d'accéder à ce souhait ardent qu'il est seul à avoir perçu.

Étonnant roman, inspiré à McDowell par la lecture de *L'Étranger* (1942) de Camus, *Toplin* contraint le lecteur à voir le monde par les yeux d'un individu amer, halluciné, paranoïaque, sans qu'on sache précisément où s'arrêtent ses fantasmes, quelle portion de ce qu'il raconte est une relecture fantasmatique de sa vie très médiocre. Le singulier miracle final, que l'on peut toutefois interpréter de façon rationnelle, prolonge encore le malaise. Excentrique et halluciné, ce court roman, initialement paru dans une édition illustrée par les très bizarres photos retravaillées de

Harry O. Morris, tranche de façon radicale sur les autres romans de McDowell.

Meyrink (Gustav) : *Le Golem* (*Der Golem*, 1915 — Stock, « La Bibliothèque cosmopolite »)

À ce qu'on raconte, la ruelle du Coq, dans le ghetto juif de Prague, reçoit tous les trente-trois ans la visite d'un individu mystérieux, aux pommettes saillantes, aux yeux obliques. Certains voient en lui le légendaire Golem créé par un rabbin du XVIIe siècle, cet être artificiel qui habite toujours une chambre avec une fenêtre et pas de porte, quelque part dans le ghetto.

Or un jour, un personnage étrange se présente chez Athanasius Pernath et lui tend un livre : « Ibbour » ou « La restauration des âmes ». Lorsque Pernath fait des efforts pour tenter de se rappeler les traits de ce client, il est convaincu qu'il s'agissait du Golem.

Livre mystique et halluciné, *Le Golem* fut un énorme succès à sa parution. L'histoire mêle aux intrigues de la ruelle du Coq la silhouette évanescente du Golem, présence fantomatique qui semble échapper aux sens, et une quête quasi métaphysique du personnage principal. Mais ce personnage principal, quel est-il vraiment ? Car nous ne suivons les aventures du protagoniste du roman, Pernath, qu'à travers la vision, le rêve — ou s'agit-il d'une transmigration d'âme ? — d'un personnage qui a un jour confondu son chapeau avec celui de Pernath.

Si la Cabale juive constitue un des ingrédients de l'ouvrage, avec les interrogations qui agitent Pernath, le concept d'âmes en transition, on relève aussi des allusions à la philosophie orientale dans une citation du Bouddha qui obsède le narrateur, voire dans la description physique du Golem.

Fasciné par ces religions lointaines, Meyrink a souvent architecturé ses romans fantastiques autour d'elles.

Moore (Alan) et Campbell (Eddie) : *From Hell* (*From Hell*, 1989-1999 — Delcourt)

Au cours de l'automne 1888, Londres fut le siège d'une série d'assassinats horribles, perpétrés contre des prostituées par un criminel mystérieux, insaisissable, que les journaux ne tardèrent pas à baptiser Jack l'Éventreur. *From Hell* constitue une étude fictionnelle de l'affaire.

L'hypothèse de base de ce roman en bandes dessinées n'est pas originale : elle a été émise par Stephen Knight dans son ouvrage *Jack the Ripper : The Final Solution* (1976). Selon cet auteur, l'Éventreur aurait été en réalité sir William Gull, honorable médecin personnel de la reine Victoria, commissionné par celle-ci pour régler une sordide histoire de mœurs touchant la famille royale. L'hypothèse, séduisante par son aspect romanesque, pèche par nombre de détails et semble désormais discréditée.

Mais Moore ne s'intéresse pas vraiment à l'identité de l'Éventreur : « Une des impulsions initiales de *From Hell* est certainement née d'une déclaration de Margaret Thatcher, qui a suggéré que nous devrions revenir aux valeurs victoriennes. Avec *From Hell*, j'ai pensé que ce serait une bonne idée, peut-être instructive, de découvrir quelles étaient réellement ces valeurs victoriennes [...]. Ce que je voulais faire, c'était échafauder une histoire qui tentait moins de mettre en lumière les meurtres que de mettre en lumière toute la société qui enveloppait ces meurtres. »

Gull constitue un protagoniste idéal, car il permet de jeter un pont entre les classes dirigeantes et la population miséreuse des quartiers de Whitechapel où sévit Jack. Comme le Gull de Moore utilise son scalpel pour créer un grand œuvre dément et, guidé par ses visions mystiques, devenir l'accoucheur atroce de tout le XXe siècle, en une cérémonie où le temps lui-même commence à se disloquer, Moore, soutenu par le dessin à la plume, nerveux, méchant, d'Eddie Campbell, tout en ombres et en coups de griffe, dissèque les tenants et les aboutissants de ce terrible automne, ployant sa narration à une masse de documentation tellement impressionnante que les frontières entre vérité et fiction se déboîtent à leur tour, et fait comparaître une distribution de personnages réels disparates : Abberline, le policier chargé de l'enquête ; Robert Lees, le faux médium pris à son propre piège, ou John Merrick, le célèbre homme-éléphant.

À travers une narration qui refuse le sensationnalisme, Moore établit le formidable portrait en coupe d'une société malade dont nous sommes tous issus.

La promenade de Gull à travers Londres et sa leçon d'histoire occulte, basée en partie sur les thèses du poète Iain Sinclair (qui a également inspiré Peter Ackroyd et son *Architecte assassin*), constituent un extraordinaire moment de fantastique urbain.

Nathan (Robert) : *Le Portrait de Jennie* (*Portrait of Jennie*, 1940 — Quai Voltaire)

1938 : Eben Adams, jeune peintre dans la misère qui peine à placer ses œuvres, rencontre, en traversant un parc, une enfant qui semble seule. Elle l'accompagne un moment, discute avec lui. Elle s'appelle Jennie et lui promet qu'elle le reverra. Et il la revoit en effet, quelques jours plus tard. Mais Jennie semble plus grande. Et à chaque nouvelle rencontre, les quelques jours de séparation représentent chez elle plusieurs mois, voire des années de vie. Entre l'adolescente et le jeune peintre qui va la prendre pour modèle commence à naître un amour.

Curieux mélange de *Scènes de la vie de bohème* (1848) de Murger et d'amour impossible, *Le Portrait de Jennie* est le roman le plus connu de Robert Nathan : l'histoire de deux amants destinés l'un à l'autre et dont l'amour tente de vaincre le temps et le destin qui les séparent. On pourra y voir une version inversée du *Jeune Homme, la mort et le temps* de Richard Matheson, écrit postérieurement.

Nathan a signé d'autres romans à l'ambiance souvent sentimentale, comme *The Bishop's Wife* (1928), où un ange vient prêter main-forte à la veuve d'un pasteur.

Newman (Kim) : *Anno Dracula* (*Anno Dracula*, 1992 — J'ai lu)

1888, Londres : l'Empire britannique est dirigé par la jeune reine Victoria, qui a épousé en secondes noces le comte Dracula. À l'instigation du prince consort, le vampirisme est à la mode dans la bonne société, mais il ne touche pas que les riches : après tout, il faut bien se nourrir, et les pauvres sont si nombreux... Mais si le vampirisme est un avantage pour les gens de haute condition, un vampire pauvre reste un pauvre.

C'est dans ce contexte de fracture entre riches et pauvres, vampires et «chauds», qu'un fait divers fait sensation : on retrouve le corps d'une prostituée assassinée. La victime était vampire et la presse va bientôt surnommer son assassin mystérieux Lame d'argent, d'après l'arme dont il fait usage. Mais quelles sont les motivations du tueur ? Avec ce crime, s'en est-il pris à une prostituée ou à un vampire ?

La réponse à cette question risque de mettre le feu aux poudres.

Grand spécialiste de Dracula et de la littérature populaire, Kim Newman a associé ses deux domaines d'expertise pour donner naissance à cette fascinante chimère. Car s'il est un roman qui brouille les frontières entre les genres, c'est bien celui-ci. Monde parallèle ? Certes, mais basé sur le surnaturel, ce qui gêne pour le classer en science-fiction ; de la *fantasy*, alors, puisque le monde du roman diffère du nôtre ? Certes... mais le seul élément de surnaturel est l'existence de vampires, figure tutélaire de l'épouvante. Alors parlons juste de fantastique, et tenons-nous-en là.

Cette uchronie surnaturelle brasse allégrement le roman de Stoker, les tristes exploits de Jack l'Éventreur et toutes les figures célèbres de l'époque, qu'elles appartiennent à l'Histoire ou à la fiction, et dont le lecteur s'amusera à reconnaître les silhouettes majeures au fil de leur parade.

Ce qui fait tout l'intérêt de ce roman, c'est la mise en place de diverses lignes de fracture, qui revitalisent les enjeux. Dans notre Histoire, les méfaits de Jack l'Éventreur ont eu pour effet de jeter une lumière crue sur l'atroce pauvreté qui régnait dans certains quartiers de Londres[1]. Dans l'univers d'*Anno Dracula*, la problématique se double d'une seconde ligne de partage, celle qui sépare les humains des vampires. L'action va s'articuler autour de ces failles.

Le monde ainsi créé par Newman est tellement riche et fascinant qu'il n'a pas résisté à la tentation

---

1. On sait que George Bernard Shaw, à la question *Qui est Jack l'Éventreur ?* répondit : « Un génie indépendant qui, en étripant cinq femmes, a réussi à rallier les journaux à la cause des opprimés. »

de le prolonger en un XXe siècle parallèle par de nouveaux chapitres, avec notamment *Le Baron rouge sang* (1996) et *Le Jugement des larmes* (1998).

Pagel (Michel) : **La Comédie inhumaine** (en cours — divers éditeurs)

À l'origine, quatre personnes ont perpétré un meurtre atroce, au cours d'une cérémonie satanique. Mais sept ans ont passé, et la victime reviendra se venger.

Tel est le sujet du *Diable à quatre* (1988), premier roman publié du cycle de **La Comédie inhumaine** de Michel Pagel, une série de romans reliés de façon plus ou moins étroite par des personnages communs, et dans laquelle on peut ranger *Sylvana* (1989), *Désirs cruels* (1989), *Les Antipodes* (1990-1991), tous trois parus au Fleuve noir, *Nuées ardentes* (1998 chez Étoiles vives) et *L'Ogresse* (2000 aux éditions Naturellement). En cela, Pagel suit une tradition adoptée par Balzac et Zola, ou, plus récemment et dans le domaine plus spécifiquement fantastique, par Robertson Davies et Jonathan Carroll.

Les volumes de ce cycle ont des ambiances, des tons différents, même si Pagel revendique l'étiquette de naturaliste pour l'ensemble de son œuvre. Les nouvelles de *Désirs cruels* montrent l'influence de Clive Barker, découvert peu de temps avant ; la toute première ébauche de *Sylvana* est née de la lecture de *La Mante au fil des jours* de Christine Renard, *L'Ogresse* joue avec l'univers des contes de fées, en faisant intervenir le monde fantastique créé par Pagel pour son roman de *fantasy Les Flammes de la nuit*...

Implantés dans une France contemporaine, écrits dans un style sobre, élégant, qui prend pour modèles des écrivains français classiques comme Dumas ou Yourcenar, narrés sur un ton qui ne dédaigne pas une pincée d'ironie et de satire, les romans installent peu à peu un univers à la métaphysique cohérente et insolente.

Dernière caractéristique insolite, le cycle est écrit «en temps réel». Après la naissance de l'Antéchrist et du nouveau Messie au terme des *Antipodes*, Pagel attend que les enfants aient suffisamment grandi pour conter la suite de leur destin. Sera-ce l'Apocalypse?

Perutz (Leo): *Le Maître du Jugement dernier* (*Der Meister Des Jüngsten Tages*, 1923 — Livre de Poche)

Lors d'une soirée privée, on retrouve un acteur vieillissant mort d'un suicide apparent, dans des circonstances qui rappellent le suicide de deux frères dont il venait de raconter la curieuse histoire. Mais a-t-il vraiment mis fin à ses jours? Et comment expliquer ses dernières paroles: «Le maître du Jugement dernier»?

Le roman de Perutz ressortit au fantastique expliqué. Doublement expliqué, pourrait-on dire, puisqu'il s'achève par deux solutions, l'une et l'autre parfaitement rationnelles. Avec beaucoup de dextérité, l'auteur laisse vite entendre au lecteur que le narrateur de l'affaire, le baron von Yosh, ne dit pas — ne sait pas ! — toute la vérité. Certains détails cruciaux, évidents même, ont étrangement échappé à l'attention du baron.

Mais si ce roman appartient surtout au domaine policier, comme *La Nuit du Jabberwock* de Fredric Brown, son ambiance exhale un très séduisant souffle surnaturel, une ambiance maléfique que ne dissipe pas tout à fait la confortable conclusion, comme si le surnaturel apparent survivait aux efforts faits pour le dissiper. Notons que Perutz, auteur autrichien, a écrit des œuvres plus franchement fantastiques, comme *Le Miracle du manguier* (1923), ou *Le Marquis de Bolibar* (1920) qui met en scène le Juif errant.

Poe (Edgar A.) : *Histoires extraordinaires* (*Tales of the Grotesque and Arabesque*, 1840 — Gallimard, « Folio »)

Poe n'est pas à strictement parler un auteur fantastique : il a écrit fort peu de textes où intervient le surnaturel. Pour lui, l'ennemi absolu, l'horreur suprême, est la mort, qui a marqué tragiquement sa vie et ses amours, et qui constitue le point culminant d'un grand nombre de ses nouvelles d'horreur.

On trouve cependant des textes à caractère surnaturel, qui jouent souvent sur des thèmes classiques : « William Wilson » fait intervenir le thème du double, « Ne pariez jamais votre tête au Diable » ou « Bon-Bon », celui du pacte avec le Diable, et « Le Masque de la Mort Rouge » revient à l'idée que la mort est inexorable. Ils sont en général moins immédiatement personnels que les véritables contes d'horreur, et restent distanciés par un certain maniérisme ou par un humour souvent sarcastique.

Ce sont ces nouvelles d'horreur pure qui vont poser un modèle dont vont s'inspirer ses successeurs, œuvrant pour la plupart dans le domaine fantastique. Les nouvelles de Poe s'imposent par leur logique implacable, leur ton souvent frénétique qui suit la montée de la folie. Mais aussi par leurs personnages monomaniaques, torturés par des pulsions qui les dépassent : le remords matérialisé par le battement du « Cœur révélateur », le désir de confession du « Démon de la perversité » mettent en scène des protagonistes hantés et morbides. Un sentiment de claustrophobie s'exhale de ses contes à travers leurs thèmes récurrents : l'enterrement prématuré, l'incarcération. S'emparant de la tradition gothique pour la revisiter dans une sorte de folie inquiète, passant d'un rire grotesque et grinçant à un sentimentalisme noir et funèbre, jouant des ressorts de la malveillance humaine, Poe met en scène également des images puissantes qui frappent le lecteur et fixent dans l'imagination ses angoisses profondes.

« Il a donné au cauchemar une forme claire, farce de l'esprit et mélodrame », dit de lui un de ses critiques, R. P. Blackmur.

Pratchett (Terry) et Gaiman (Neil) : *De bons présages* (*Good Omens*, 1990 — Au Diable Vauvert)

Depuis l'aube des temps (qui remonte à bien moins longtemps qu'on ne le pense), Aziraphale et Rampa, un ange et un démon, habitent sur terre et vaquent aux affaires courantes du Bien et du Mal en attendant le dernier combat qui opposera Ciel et Enfer à la fin des temps. Lorsque Rampa se voit confier le bambin Antéchrist pour le placer dans une famille judicieusement choisie, l'heure fatidique ayant sonné, il ressent cela comme une catastrophe. Il a ses petites habitudes et l'idée de renoncer à son confort pour lancer l'Apocalypse ne l'enchante nullement. Son homologue Aziraphale partage son avis. Ils décident de désamorcer la machination avec doigté, et de surveiller l'éducation du futur Antéchrist, afin de le détourner de son héritage au jour prévu.

Hélas pour eux, il y a eu confusion à la naissance : le gamin qu'ils épient n'est pas l'Antéchrist, mais un marmot tout à fait banal. Le véritable rejeton de Satan, ignoré de tous, grandit sereinement dans une famille plus anglaise que nature, entouré de sa bande de copains.

La Malédiction (1976) était un film d'horreur américain qui contait l'avènement de l'Antéchrist introduit par des adorateurs du Malin dans la famille d'un diplomate américain. Variation comique sur ce thème, *De bons présages* se moque gaillardement de toute la quincaillerie apocalyptique, des théories du New Age et d'un assez large pan du paranormal : les rangs de l'Inquisition se résument à un benêt et à un gâteux, les voyantes sont d'aimables rombières qui racolent à temps partiel, les quatre Cavaliers de l'Apocalypse ont leurs fans chez les motards et, dans toute l'histoire humaine, l'unique livre de prédictions parfaitement fiable a été un bide absolu en librairie.

Allégrement menée par deux compères doués — les **Annales du Disque Monde** de Pratchett campent à demeure dans les listes de best-sellers en Angleterre, et Gaiman a remporté un joli succès avec son récent *American Gods* (2001) — l'intrigue met aux prises, dans un capharnaüm savoureux et érudit, l'illogisme des traditions et le solide bon sens de la réalité. Poussant le premier dans ses derniers retranchements, et mettant le second au service d'un point de vue goguenard, le roman réussit l'exploit de satiriser le genre et de renouveler certains de ses clichés.

Priest (Christopher) : *Le Don* (*The Glamour*, 1984 — Livre de Poche)

Richard Grey a été victime d'un attentat de l'IRA, à Londres. Quand il commence enfin à recouvrer la santé, au bout de plusieurs mois, il doit compter avec une amnésie qui occulte une partie de sa vie avant l'attentat. Une jeune femme se présente à l'hôpital, après beaucoup d'hésitations, pour apprendre à Richard qu'elle s'appelle Susan et qu'ils ont eu une liaison.

Richard commence à redécouvrir auprès d'elle

une partie de ce qu'il a oublié, l'histoire du triangle insolite qu'il formait avec Sue et un ami de celle-ci, le tyrannique, tenace et énigmatique Niall.

Niall qui partage, à un degré supérieur, le même don que Susan et Richard : celui de se rendre invisible.

Christopher Priest rédige son roman à plusieurs voix, en proposant au lecteur des versions qui semblent mutuellement contradictoires, tout en jouant sur certains détails récurrents. Cette invisibilité, dont rien ne peut prouver l'existence à Richard, est décrite à la fois comme un don aliénant, mais aussi comme la conséquence d'une certaine aliénation préexistante. En cela, Priest suit la tradition du récit d'invisibilité, des thèmes qui se retrouvent depuis l'histoire de l'anneau de Gygès contée par Platon, jusqu'à l'Anneau Unique dont Frodon combat la séduction sournoise dans *Le Seigneur des anneaux* (1954-1955) de Tolkien.

Mais Priest retourne contre lui-même sa métaphore pour mettre en lumière le pouvoir de l'auteur sur le lecteur. Niall, écrivain velléitaire, est un manipulateur, un être d'autant plus inquiétant qu'on ne peut jamais savoir avec certitude s'il est présent ou non. Face à lui, Richard se retrouve en état de complète dépendance : les informations qui comblent peu à peu le vide de sa mémoire sont-elles fiables, ou s'agit-il d'une fiction avec laquelle Niall enferme Richard dans une réalité piégée ? De proche en proche, son pouvoir contamine toute la réalité du roman, et se retourne contre le lecteur.

Ray (Jean) : *Malpertuis* (1943 — Renaissance du Livre) / *Les Contes du whisky* (1925 — Renaissance du Livre)

L'oncle Cassave se meurt, l'oncle Cassave est mort. L'homme qui régentait Malpertuis, immense demeure sombre qui abrite une famille disparate et sordide, l'homme qui savait où déterrer les trésors pour entretenir toute sa maisonnée, a fini par mourir. Et l'une des conditions premières de son testament est que tout ce petit monde continue de vivre dans Malpertuis, sous peine de renoncer à tout droit sur l'héritage.

«Je suis entré dans Malpertuis, je lui appartiens. Elle ne fait aucun mystère de son intérieur. [...] Pourtant, elle restera mystère à chaque pas, et elle entourera chaque pas d'une prison mouvante de ténèbres.»

Dans le huis-clos qui va suivre la réunion de ces personnages falots et mesquins, vont se déchaîner des puissances gigantesques. Pourquoi ? Quel est le secret de Malpertuis, et le secret de cet oncle Cassave qui aurait vécu deux cents ans — et dont un ancêtre entretenait d'extravagantes conceptions sur une prodigieuse source de puissance ?

Jean Ray écrit *Malpertuis* en 1943, durant sa période la plus féconde. Mais c'est en 1925 qu'a paru son premier vrai recueil de nouvelles, *Les Contes du whisky*. Toutes les nouvelles n'en sont pas surnaturelles, comme si Jean Ray voulait apprivoiser peu à peu son public, mais déjà celles qui appartiennent au fantastique témoignent d'un esprit original et neuf en ce domaine. Le style y est riche, âpre et succulent à la fois, l'atmosphère se nourrit de Dickens, mais d'un Dickens invinciblement belge. Qualifié d'emblée d'« Edgar Poe belge » par un critique, Jean Ray a partagé, chose curieuse, des thèmes d'inspiration avec Lovecraft, et ce, de façon indépendante : ainsi en 1925 écrit-il « Le Uhu », nouvelle où, à l'énoncé de son nom par une nuit prédestinée, un monstre ou un dieu gigantesque parcourt le monde. L'année suivante, Lovecraft écrit « L'appel de Cthulhu », qui conte l'émergence d'un dieu démon, événement qui libère un signal psychique à travers le monde.

Tout comme Lovecraft, et Blackwood avant lui, Jean Ray est fasciné par le concept des espaces mathématiques, des multiples dimensions de l'univers, qui reviendra nourrir son inspiration fantastique au long de son œuvre. Avec la publication contemporaine des théories d'Einstein sur la relativité, sans doute le sujet est-il dans l'air du temps. S'il fallait citer un exemple de ce thème, ce serait évidemment « La ruelle ténébreuse », publiée dans le recueil *Le Grand Nocturne* (1942), où il décrit cette impasse Sainte-Bérégonne située hors du monde, dont le tracé recoupe bizarrement le plan de Hambourg.

Bien que reconnu dès la parution des *Contes du whisky*, Jean Ray tombera vite en disgrâce et devra se livrer pour vivre à de nombreux travaux alimentaires, sous divers pseudonymes, et surtout celui de John Flanders. Dans sa prodigieuse production des années trente, on signalera ses **Harry Dickson**, « traduction » de fascicules allemands bon marché qu'il finit par réinventer de fond en comble, en s'inspirant de l'illustration de couverture surannée des revues d'origine. Le tout rédigé en une seule nuit d'écriture quasi automatique. Tout ***Harry Dickson*** n'est pas fantastique, mais, en plus de belles ambiances, on trouvera des événements véritablement surnaturels dans des épisodes comme « Le temple de fer », ou « La malédiction de la Gorgone », ce dernier préfigurant *Malpertuis* par certains aspects.

En 1942, Ray s'associe avec d'autres auteurs belges, comme l'écrivain de romans policiers Stanislas André Steeman, afin de fonder les Auteurs Associés. Il écrira pour cette maison d'édition une véritable rafale de chefs-d'œuvre, principalement des recueils de nouvelles, mais aussi un roman, *Malpertuis*, qui est un des plus grands romans de la littérature fantastique.

Renard (Christine) : *La Mante au fil des jours* (1977 — Fleuve noir)

Leur père leur avait promis qu'un jour, ils auraient une grande maison, et de l'argent. Il est mort, mais il a tenu parole. Après le décès de leur père, Mme Somogyi, la grand-mère d'Élisabeth, a recueilli Jacques, Annette et leur mère, et les a emmenés en Auvergne, dans son immense propriété, afin qu'ils tiennent compagnie à sa petite-fille.

Élisabeth, si belle : Jacques en est tombé tout de suite amoureux et s'est juré de réussir de brillantes études pour la mériter un jour. Annette et Élisabeth sont inséparables, malgré ou peut-être à cause de l'indolence d'Annette.

Pourtant, devenu adulte, Jacques commence à remettre en question le miraculeux enchaînement de circonstances qui leur a obtenu cette résidence dorée. Les conditions de leur séjour. La vérité sur la mort de son père. Une série de détails convergents lui inspire une idée folle — et si Élisabeth était un vampire, qui boit la vie d'Annette ?

Dans une ambiance de quotidien miné, vicié dès le départ par l'anecdote de cette mante religieuse qui finit par dévorer un homme dont personne n'a voulu croire les appels au secours, le roman de Christine Renard tisse un doute permanent. Certes, tout indique assez vite qu'Élisabeth est un vampire. L'explication répond de façon idéale aux anomalies de la grande demeure. Mais est-ce bien certain ? Un vampire… Est-ce possible ? N'y aurait-il pas, malgré tout, une explication plus rationnelle ? Jouant sans cesse sur l'absence de preuves, sur le doute lancinant qui hante de façon légitime son héros, le roman déploie pour le lecteur ses méandres agréablement et discrètement vénéneux.

Rice (Anne) : *Entretien avec un vampire* (*Interview with the Vampire*, 1976 — Pocket)

San Francisco. Rencontré dans un bar, un étrange personnage propose à un journaliste l'interview de sa vie. Il s'appelle Armand, et il est né au XIXe siècle près de La Nouvelle-Orléans. Mordu par un vampire, devenu vampire lui-même, adopté par son géniteur surnaturel mais tenu dans l'ignorance sur sa nature propre, il a parcouru le monde pour essayer de mieux comprendre ce qu'est cette malédiction qui pèse sur lui.

Écrit pour exorciser la douleur de la perte d'une enfant — qui inspirera dans le roman le personnage de Claudia, l'enfant vampire protégée à tout jamais de la corruption, mais prisonnière d'une forme qui s'oppose à la satisfaction de ses désirs —, ce roman rencontre un énorme succès dès sa parution. Il reprend le mythe du vampire, qui avait été cantonné largement au rôle de monstre inhumain, et le dote de plus que de l'humanité : de séduction. À travers le personnage d'Armand, en quête de ses semblables à travers le monde, Anne Rice enrichit la mythologie du vampire, et suscite une abondante littérature. En fait, on pourrait considérer que l'histoire de vampire devient au cours des années quatre-vingt et quatre-vingt-dix un genre aussi fécond que l'a été l'histoire de fantômes au début du siècle en Angleterre. Hélas, beaucoup d'auteurs emploient le vampire comme un élément commode qui permet d'écrire des romans fantastiques sans devoir innover outre mesure. Citons, parmi les mémorables buveurs de sang modernes : le comte de Saint-Germain dont Chelsea Quinn Yarbro chronique l'existence au fil des siècles, depuis l'Antiquité (*Le Comte de Saint-Germain, vampire*, 1978); Timmy Valentine, la star du rock vampire de S. P. Somtow (*Vampire Junction*, 1984); et Sonja Blue, à la fois vampire et chasseuse de vampires, inventée par Nancy Collins (*La Volupté du sang*, 1989).

Anne Rice pour sa part donnera deux volumes de plus à cette œuvre initiale pour constituer une trilogie plus centrée sur le personnage de Lestat. Elle prolongera ensuite la série d'une ribambelle de romans d'un intérêt plus relatif.

Roszak (Theodore) : *Flicker* (1991 — inédit)

Jonathan Gates a toujours adoré le cinéma. D'abord sans discrimination, puis, avec discernement, au travers de sa liaison avec Clare qui a fait son éducation, tant sentimentale que cinéphilique. C'est au *Classic*, modeste cinéma d'art et d'essai, qu'il découvre Max Castle, un obscur petit maître du cinéma d'horreur. Le temps n'a guère épargné ses œuvres : n'en subsistent plus que des fragments éparpillés, des collaborations mutilées, attribuées à d'autres, et des projets avortés.

Mais d'emblée, les films de Castle fascinent Gates. Ils ont un style inimitable et ils exhalent une horreur véritable, une sensation de malaise, de morbidité, dont l'image elle-même ne peut totalement expliquer l'origine.

Gates se lance dans une étude sur Castle. Ce qu'il va apprendre sur le compte de ce cinéaste oublié, ce sont, au-delà d'un pan ignoré de l'histoire de Hollywood, les véritables origines du cinéma, ses inventeurs réels, et sa terrible raison d'être.

Difficile d'avancer plus loin dans l'intrigue de ce roman sans déflorer la surprise. Contentons-nous de dire que Roszak traite sur le mode de l'histoire secrète et de la conspiration une vision métaphorique du cinéma qui joue remarquablement sur plusieurs niveaux. On admirera en particulier l'habileté consommée avec laquelle l'auteur campe et établit la vraisemblance de son sujet, par des détails qui, non seulement mettent en branle l'imagination du lecteur, mais capturent aussi des images et des sons dans le filet de l'intrigue, en suscitant de faux souvenirs.

Les images invoquées sont celles d'acteurs ou de metteurs en scène prestigieux ou de films entrevus ; les sons, c'est surtout la célèbre ritournelle *Bye bye, Blackbird*, petite rengaine dont les notes simples et mélancoliques hantent ces pages, de tout le poids du passé égyptien que lui prête Roszak.

On ne quitte pas *Flicker* sans conserver quelque temps un autre regard sur les films. On ne quitte pas ce roman sans frissonner en considérant la vraisemblance perverse du but qu'il assigne au cinéma : une distraction délétère, un piège dénoncé avec un humour certain comme nocif pour la survie de l'espèce humaine.

Ryan (Alan) : *Cast a Cold Eye* (1984 — inédit)

Jack Quinlan arrive en Irlande pour combiner plaisir et travail : écrivain, il envisage de consacrer son prochain roman à la Grande Famine qui a ravagé l'île au XIXe siècle.

À peine arrivé à Doolin, petite bourgade isolée

sur la façade atlantique, il assiste à une étrange scène : après un enterrement, quatre vieillards, debout autour de la fosse encore ouverte, versent sur le cercueil le contenu d'un flacon en pierre. De retour dans la chaumière où il séjourne, Jack entend un appel à l'aide. Il sort dans la nuit et découvre avec horreur un homme d'une maigreur atroce, épuisé, agonisant dans le fossé. Sa première impulsion est de se détourner pour aller chercher du secours ; il se ravise, veut couvrir l'homme de sa veste.

Mais le fossé est vide.

Jack Quinlan est un Américain d'ascendance irlandaise et écrit des romans populaires. Nombre de détails supplémentaires poussent à établir une relation entre le personnage principal et l'auteur, Alan Ryan, auteur de plusieurs romans populaires — dont *La Mort blanche* (1983) — et maître d'œuvre de quelques anthologies. Pourtant, Ryan s'en défend. Il raconte qu'à un fan qui le complimentait sur le réalisme des décors et lui demandait combien de temps il avait vécu en Irlande, il avait répondu « onze jours », à la consternation de son interlocuteur. « Il est parti furieux, avec l'impression qu'on s'était moqué de lui. [...] Je ne sais pas quelle aurait été sa réaction s'il avait su que je ne suis resté qu'une soirée dans les lieux spécifiques de l'action. »

Cast a Cold Eye s'appuie sur la famine historique qui dépeupla l'Irlande, tant par ses ravages que par l'exode massif qu'elle provoqua vers les États-Unis. Dans ce roman, à la fois sobre et vibrant, Ryan opère une magnifique communion entre tous les éléments qui font l'Irlande — Histoire et mémoire, paysages et peuples, légendes et religion, joie et douleur.

Les fantômes de ce roman comptent parmi les plus glaçants et les plus émouvants du genre.

Saint-André (Alix de) : *L'Ange et le réservoir de liquide à freins* (1994 — Gallimard, « Folio policier »)

La borne kilométrique a arrêté la voiture en bord de Loire. Il faut bien reconnaître que les bonnes sœurs conduisent mal. L'une d'elles est passée à travers le pare-brise ; elle est morte. L'autre est à l'hôpital. Un accident banal.

Mais peut-être que la Diane portait malheur, après tout. La voiture avait au départ appartenu à Guillaume, qui a fini pendu. D'ailleurs, son ange gardien est toujours là.

Oh, personne ne le voit, bien sûr. Sauf Stella. Élève du pensionnat voisin, Stella a l'œil pour repérer les chats et les anges. Celui-ci la suit partout. Elle l'appelle Nestor. Il n'est pas causant, mais sa présence doit bien avoir une raison. Il y a forcément anguille sous roche. Et si cet accident de la route n'en était pas un ? À l'instant du choc, un témoin n'a-t-il pas entendu mère Adélaïde s'écrier : « Sabotage ! Assassinat ! Au secours ! »

Avec sa copine Hélène, Stella va tirer l'affaire au clair.

Un roman policier léger et savoureux, qui s'ouvre sur une déclaration d'amour à la Loire et à sa paresse et poursuit sur l'évocation d'un milieu bien particulier, celui d'un pensionnat pour jeunes filles dans les années soixante-dix. Si tout cela ne bénéficie pas d'une expérience vécue, il y a de quoi s'y tromper ! Le style, faussement candide et vraiment malicieux, dépeint des personnages hétéroclites et pittoresques sur le ton de la conversation qu'il émaille de goûteuses tournures de phrase, en distillant une érudition religieuse sans faille et souvent espiègle, pour un vrai plaisir de lecture.

À noter que les anges sont un sujet qu'Alix de Saint-André connaît bien, puisqu'elle leur a également consacré un ouvrage d'érudition primesautière, *Archives des anges* (1999).

Seignolle (Claude) : *La Malvenue et autres récits diaboliques* (1952 — Phébus)

En 1896, Moarc'h, un Breton installé en Sologne, a tenté de gagner un peu de terre sur les marais de la Malnoue. Le soc de sa charrue a arraché à la glaise une tête en pierre, un visage au sourire mauvais. Il a ramené sa trouvaille à la ferme. Mais des phénomènes étranges se produisent, des bruits, des illusions qui donnent l'impression que la tête bouge. Comme si un bout de pierre pouvait bouger par lui-même !

La femme de Moarc'h n'arrivait pas à enfanter. Depuis l'arrivée de la pierre, quelque chose a changé, et la paysanne donne un jour naissance à une fille. Elle s'appellera Jeanne, mais on la surnomme la Malvenue.

Et si la Malvenue est belle, elle a parfois des

impulsions étranges qui la poussent à des actes pervers, en secret.

Claude Seignolle a d'abord fait œuvre d'ethnologue, parcourant les campagnes pour préserver les contes et légendes de la tradition orale. Puis lui est venue l'envie d'écrire, d'abord avec *Marie la Louve* (1949), marginalement fantastique, inspiré par un modèle réel.

Fantastique, *La Malvenue* l'est plus ouvertement. Les maléfices d'une statue arrachée à la boue d'un marécage exercent leur influence néfaste sur une ferme de Sologne dans les premières années du xxe siècle. Contée dans une langue riche, savoureuse, avec le plaisir du mot expressif, souvent avec l'immédiateté du présent de l'indicatif, l'œuvre de Claude Seignolle, par la thématique rurale qu'elle déploie, est un des grands moments du fantastique français.

Self (William) : *Ainsi vivent les morts* (*How The Dead Live*, 2000 — Éditions de l'Olivier)

De son vivant, Lily Bloom n'était pas une petite vieille très commode. Maintenant qu'elle est morte, il ne faut pas espérer qu'elle s'améliore. Acerbe, hargneuse, elle arpente les rues de Londres, escortée de ses deux intenables enfants morts, distribuant les piques, les haines et les insultes, continuant dans la trajectoire de sa vieillesse une mort qui n'est pas tellement différente, au fond.

On ne peut pas reprocher à Will Self son excès de modestie. Prendre pour son héroïne un nom qui fait référence à la Molly Bloom de James Joyce en est une preuve éclatante. Et l'on peut adresser quelques reproches à ce roman, qui donne souvent la priorité aux feux d'artifice verbaux au détriment de la profondeur. Mais la métaphore centrale de l'ouvrage possède une force certaine, et la narration fourmille d'idées intrigantes et baroques — ainsi, dans cette mort où l'on est hanté par les multiples fantômes de son existence, ces monstres constitués par toute la graisse perdue par quelqu'un au cours de ses régimes amaigrissants successifs.

D'une construction qui aurait gagné à plus de clarté, *Ainsi vivent les morts* apporte une preuve que le fantastique reste un élément toujours aussi vital de la création littéraire.

Smith (Thorne) : *Topper* (1926 — inédit)

Cosmo Topper est un brave homme un peu terne, prisonnier d'une vie un peu terne, marié à une épouse un peu terne. Un jour, par caprice et par défi, par envie de sortir de sa vie un peu terne, il décide d'acheter la voiture des Kerby. Couple de joyeux fêtards, George et Marion, un tantinet éméchés, sont entrés en collision avec un arbre. La voiture était réparable, mais les Kerby sont morts.

Enfin, pas tout à fait, comme le constate Topper.

Car, ayant appris à conduire et étrennant sa nouvelle folie sur les routes, il passe à proximité de l'arbre contre lequel a péri le couple... et il se retrouve avec deux fantômes dans sa voiture.

La mort n'a pas diminué l'humeur frondeuse des deux joyeux lurons. Topper souhaitait un peu de distraction, il se retrouve comblé au-delà de tous ses vœux.

Thorne Smith écrivait au temps de la Prohibition, ce qui explique sans doute qu'il vante avec tant d'enthousiasme les vertus libératrices de l'alcool, et que la levée des inhibitions se concrétise souvent par la présence d'accortes personnes en petite tenue. Mais au-delà de ces aspects un peu datés de ses ouvrages, Smith demeure un auteur qui, dans la tradition du victorien F. Anstey, a su user de l'aspect iconoclaste du fantastique dans un registre comique qui reste minoritaire dans le genre.

Il a mis en scène dans la plupart de ses romans l'irruption d'éléments perturbateurs dans la vie quotidienne — l'exemple le plus dévastateur en est sans doute *The Night Life of the Gods* (1931) où les statues des dieux de l'Olympe amenées à la vie se déchaînent à travers New York, au grand dam des autorités.

Somtow (S. P.) : *Vampire Junction* (*Vampire Junction*, 1984 — J'ai lu)

Timmy Valentine prétend avoir douze ans d'âge et il est la coqueluche des adolescentes, un chanteur pop qui captive son public par un incroyable magnétisme.

Mais en fait, Timmy est un vampire dont les origines remontent à l'Antiquité romaine. Il a connu beaucoup d'existences et notre époque l'a rendu plus puissant que jamais. Mais s'il a pris conscience de sa nature profonde, s'il connaît l'étendue et les limites de ses pouvoirs réels, il est également troublé par des questions essentielles sur son identité. Il prie donc Carla Rubens, psychanalyste jungienne, de l'accepter en traitement.

Esclave de ses appétits, conscient d'être la manifestation d'un archétype, Timmy ignore que sa notoriété l'a ramené à l'attention d'un groupe d'occultistes dont il a croisé la route en 1937, et qui se sont donné le nom de Dieux du Chaos. Richissimes, blasés, ils voient en Timmy une occasion de soulager leur mal de vivre.

S. P. Somtow a commencé sa carrière d'écrivain en science-fiction sous le nom de Somtow Sucharitkul, qu'il a troqué, à la demande de son éditeur, contre un pseudonyme plus prononçable pour les lecteurs américains.

Dans une littérature vampirique très riche, surtout dans le sillage d'*Entretien avec un vampire* de Rice, il opte ici pour un portrait plus psychologique, plus psychanalytique du vampire. En fait, il réalise d'un seul coup la psychanalyse de son personnage, du vampire considéré comme expression de l'inconscient collectif, et de la vogue du vampire dans l'horreur moderne. Usant d'un style à l'opulence souvent baroque qui doit sans doute beaucoup à ses origines thaïlandaises, il mêle opéra et musique pop (Anne Rice, l'année suivante, mettra elle aussi en scène un Lestat devenu chanteur rock), Orient et Occident, pour un roman intelligent, passionnant et original. Somtow complétera

Vampire Junction par *Valentine* (1992) et *Vanitas* (1995), pour en faire une trilogie.

Stevenson (Robert L.) : *L'Étrange Cas du Dr Jeckyll et de Mr Hyde* (*The Strange Case of Dr Jeckyll and Mr Hyde*, 1886 — Livre de Poche)

Au grand scandale des camarades du bon Dr Jeckyll, l'étrange et détestable Mr Hyde, qui défraye la chronique — ou, du moins, suscite nombre de commentaires — par sa laideur et sa conduite bestiale, semble rôder autour du médecin philanthrope. Malgré les assurances que donne Jeckyll de pouvoir rompre à tout moment les liens mystérieux qui l'attachent à Hyde, le cercle de ses intimes commence à redouter le pire de telles fréquentations.

En écrivant ce bref roman, Stevenson crée un des archétypes les plus marquants du conte fantastique, un de ces personnages qui, à travers le cinéma, a atteint au statut de mythe de notre temps. Certes, il s'agit avant tout d'une modernisation de l'antique thème du double. Mais en faisant de Hyde le double maléfique de Jeckyll, Stevenson incarne en un personnage terrifiant toutes les préventions, toutes les craintes victoriennes sur la dualité de l'homme : conduites publique et privée, pensées et action, conscient et inconscient.

Hyde est l'homme qui laisse la bride à ses pulsions, et cet homme-là, loin du sauvage de Rousseau, n'est pas bon. Vision pessimiste de l'homme moderne et de ses instincts, et inquiétude fondamentale face à ces pulsions que seul un mince vernis de civilisation retient de se manifester au grand jour.

Stoker (Bram) : *Dracula* (*Dracula*, 1897 — Actes Sud)

À la demande du comte Dracula, Jonathan Harker se rend en Transylvanie pour lui présenter les actes de propriété d'une demeure que l'aristocrate vient d'acheter en Angleterre. Le comte est accueillant et discute chaque nuit avec Harker pour se familiariser avec le pays où il souhaite aller s'installer.

Mais à mesure que le séjour se prolonge, Harker se rend compte qu'il est prisonnier de Dracula. Une nuit, il voit le comte descendre la muraille extérieure du château, comme un lézard. Une autre nuit, il est attaqué par une femme aux canines aiguës, et seule l'intervention de Dracula le sauve de la mort.

Jonathan a compris que le comte Dracula était un monstre : un vampire qui compte s'établir en Angleterre pour y prospérer. En dépit de tous les efforts de Harker, le comte prend la route pour l'Angleterre, laissant le jeune homme captif du château et des créatures qui le hantent.

Quelque temps plus tard, le schooner russe *Demeter*, désemparé, vient s'échouer sur les côtes anglaises. Du navire, un loup bondit à terre. À la barre de ce vaisseau fantôme, un mort qui a ligoté ses mains en place.

Écrit en 1897 par un auteur irlandais qui, en dehors de ses rares et peu mémorables essais littéraires précédents, était l'agent du grand acteur victorien Henry Irving, *Dracula* est évidemment un classique. Ce fut également un immense succès à sa sortie, et il continue à se vendre régulièrement.

Il s'agit d'un roman épistolaire, comme cet autre grand classique qu'est le *Frankenstein* (1818) de Mary Shelley. Cette œuvre puissante dépeignant l'Angleterre aux prises avec un péril venu d'au-delà des mers et qui s'attaque à la fine fleur de sa jeunesse pour la vampiriser est riche de sous-entendus érotiques, dont le baiser du vampire est le plus évident. Tout cela donne au portrait de Dracula son charme pervers et durable. Étonnante création pour un auteur qui demeura toujours le parfait exemple du victorien digne et compassé.

Peut-être faut-il voir là la conjonction de l'inspiration avec un sujet exceptionnel. Dans son roman, Stoker revient aux racines traditionnelles du vampire, en puisant dans les légendes courant sur les vampires roumains. Selon Colin Wilson : « Par une soirée de 1890, lors d'un souper tardif, [Stoker] rencontra un personnage extraordinaire nommé Arminus Vamberry, professeur de langues orientales à Budapest, qui connaissait vingt langues et était amateur d'occultisme. Vamberry lui parla d'un dirigeant de Valachie au XVe siècle, Vlad l'Empaleur. [...] C'est sans doute à la suite de cette première rencontre avec Vamberry que Stoker fit un épouvantable cauchemar sur un roi vampire se levant de la tombe. En son temps, Vlad devint Dracula et Vamberry, Van Helsing[1]. »

Plus que le fantasme de l'envahisseur étranger venu déflorer la jeunesse du pays, Alain Pozzuoli voit en *Dracula* la retranscription d'une idée que Stoker avait déjà exprimée dans sa nouvelle « Le géant invisible » : celle d'un parasite venu vampiriser un pays innocent, lui voler ses forces vives, comme l'Angleterre le faisait avec son Irlande natale. « Même parfaitement intégré dans la société victorienne […] Stoker est resté au fond de lui cet insulaire exilé, cet Irlandais déraciné qu'au fil de ses écrits il essaie parfois de retrouver pour ne pas perdre tout à fait son âme[2]. »

Straub (Peter) : *Ghost Story* (*Ghost Story*, 1979 — Pocket)

À Milburn, la Chowder Society a été fondée pour que ses membres échangent des histoires autour d'un bon repas. Mais depuis la mort d'un des leurs, Edward Wanderley, il y a un an, ce sont des histoires de fantômes que content les quatre vieillards survivants. Des rêves les hantent, terrifiants, peut-être prémonitoires. La société avait été fondée pour exorciser une faute ancienne :

1. « Dracula » par Colin Wilson, in *Horror 100 Best Books* de Stephen Jones et Kim Newman (1988).
2. Alain Pozzuoli, postface au recueil *Le Géant invisible, op. cit.*

leur part collective dans la mort par noyade d'une femme nommée Eva Galli.

Alors qu'un hiver particulièrement rude s'installe, arrive de Californie Don Wanderley, neveu d'Ed et auteur de romans fantastiques. Lui aussi a connu une femme qui lui a laissé de terribles souvenirs, la belle Alma Mobley, liée dans l'esprit de Don à la mort de son frère.

Mais Alma Mobley et Eva Galli sont deux des visages multiples d'une seule et même personne. Ou plutôt, un monstre à visage de femme qui n'en a pas fini avec eux.

Ghost Story marque une étape décisive dans la carrière littéraire de Peter Straub. D'abord par le succès que rencontre le roman, et qui va inaugurer sa présence ininterrompue sur les listes de best-sellers. Mais aussi du point de vue de l'inspiration. Après un livre de littérature générale où passait une brume de spectres — *Marriages* (1973) —, Straub avait abordé le fantastique dans un roman intitulé *Julia* (1975), dont l'inspiration évoque Henry James, tant on peut lire cette histoire d'une mère hantée par sa fille qu'elle a tuée en voulant la sauver comme un roman psychologique ou surnaturel.

Suivra *Tu as beaucoup changé, Alison* (1977), où se manifestent les premiers signes de l'influence de Stephen King. Straub vient de découvrir cet auteur, qui l'a durablement impressionné.

La structure de *Ghost Story*, son troisième roman fantastique, doit beaucoup à Stephen King, dès son prologue en flashback : on peut l'interpréter comme un *Salem* où les fantômes remplaceraient les vampires. Mais Straub emprunte cette forme pour y développer un discours bien personnel, un hommage puissant à l'histoire de la *ghost story*, signalé par certains patronymes des habitants de Milburn : James, Hawthorne, Lewis...

Au centre du roman, le personnage d'Eva Galli, créature qui hante chacun des personnages sous la forme à laquelle il croit le plus. C'est cette conviction qui confère à Alma Mobley sa puissance. Alma *est* (ses initiales A. M. composent le mot *am* : « je suis », en anglais) et elle n'*est* que parce qu'on croit en elle. Quand Don Wanderley lui demande *qui* elle est, elle répond qu'elle est lui. Cette cruelle et destructive incarnation de l'histoire d'horreur, Straub reconnaît l'avoir empruntée au *Grand Dieu Pan* de Machen.

Dans son roman suivant, *Shadowland* (1980), histoire cauchemardesque d'un apprenti magicien qui doit conquérir le pouvoir et affronter son maître pour sauver son ami, Straub continue à forger son style propre. Il met en place une narration qui évoque la logique des rêves ou l'improvisation de jazz, une musique dont il est particulièrement amateur : le roman est parfaitement cohérent à lire, mais possède une structure organique, née du moment, de l'inspiration.

Le point de rupture se situe dans *Le Dragon flottant* (1982), roman pléthorique, trop riche en symboles, qui semble craquer dans ses dernières pages sous la pression de son fourmillement d'intrigues.

Avec *Koko* (1988), Straub a trouvé sa voix. C'est le premier volume d'une série de magnifiques romans d'horreur policière… qui échappent malheureusement au cadre de cette étude, puisque n'étant pas fantastiques.

En dehors de nouvelles remarquables, Straub ne reviendra vraiment au fantastique qu'en 1999, avec *Mr X*, suivi en 2001 par la sortie de *Black House*, sa deuxième collaboration avec Stephen King après *Le Talisman des territoires* (1984) dont il est un prolongement.

Suragne (Pierre) : *La Peau de l'orage* (1973 — Fleuve noir)

En plein été, dans les Vosges, deux étrangers de passage, un vagabond et une touriste, viennent aider aux travaux des champs une famille de paysans. Mais le fils muet de la maison, surnommé Porte-Close, a eu une de ses crises, signe infaillible qu'un malheur va se produire. Là-haut, dans les ruines, où, deux cents ans plus tôt, s'est déroulé un drame.

Porte-Close est déterminé à empêcher ce qui va se passer.

Écrit dans une veine de fantastique paysan, le court roman joue sur l'ambiguïté constante de la situation, une ambiguïté qu'il sait préserver jusqu'au bout, et à deux titres contradictoires : car, non seulement nous ne serons pas totalement convaincus d'avoir assisté à des événements surnaturels, mais les actions mêmes de Porte-Close prolongent le malaise. Ses actes ne représentent-ils pas, justement, un accomplissement de la malédiction ?

L'autre force du roman vient évidemment de l'écriture sobre mais savoureuse de Suragne — pseudonyme de Pierre Pelot, un des auteurs piliers du Fleuve noir, où il a exercé son art dans à peu près tous les genres — qui cherche à faire craquer l'écorce des mots pour en exprimer le suc.

Süskind (Patrick) : *Le Parfum* (*Das Parfum*, 1985 — Livre de Poche)

« Au XVIIIe siècle vécut en France un homme qui compta parmi les hommes les plus géniaux et les plus abominables de cette époque qui pourtant ne manqua pas de génies abominables. »

Jean-Baptiste Grenouille est né laid, pratiquement aveugle et dépourvu de toute odeur corporelle. Cette différence infime mais capitale — essentielle ! — le rend inhumain, et il se trouve vite relégué au ban de la société.

Grenouille, lui, ne connaît le monde que par ses odeurs, et excelle rapidement en ce domaine. Devenu créateur de senteurs, il peut mettre ses dons à profit et donner libre cours à son génie si particulier, faisant la fortune des parfumeurs qui l'emploient, et le malheur de celles dont le parfum l'enivre.

Roman de fantastique ou de science-fiction, selon que l'on jugera rationnelles ou prodigieuses les vertus qui y sont prêtées aux odeurs, *Le Parfum* a connu un succès de librairie qui ne se dément pas et le range parmi les phénomènes de l'édition. L'auteur décline son thème ici extrêmement sensuel, exacerbant l'évocation des parfums à travers toute l'histoire pour un résultat infiniment séduisant, aussi capiteux que les philtres diaboliques de Grenouille.

Tem (Steve Rasnic) : *Ombres sur la route* (recueil original, 1989 — Denoël)

Terrifié à l'idée des risques que leur fait courir leur mère au volant, un père enlève ses enfants et part avec eux sur une route que hantent des silhouettes indistinctes.

Un homme apporte chaque jour en offrande de la nourriture à un manteau qui lui rappelle celui que portait son père.

Pour faire de son fils un adulte, un père l'emmène un jour à une partie de pêche... en se dirigeant vers un centre-ville où les bâtiments deviennent de plus en plus grands au fil de leur progression.

Dans un square de la ville se côtoient vieillards et jeunes gens. Mais ne s'agit-il pas des mêmes personnes ?

Steve Rasnic Tem est écrivain et poète. Poèmes en prose qui jonglent avec des images fortes, ses nouvelles s'attachent à dépeindre des personnages à la dérive, hantés par des troubles psychologiques. Leurs angoisses et leurs obsessions enflent de façon irrésistible jusqu'à dominer leur vie, acquérir une présence physique, ou engendrer paysages et phénomènes surréalistes qui croissent au beau milieu de la vie quotidienne et qu'ils dévorent comme autant de cauchemars incarnés.

Il a publié sa première nouvelle, « Partie de pêche », en 1980 dans le premier volume de l'anthologie *New Terrors* de Ramsey Campbell. Par la suite, la signature de cet auteur prolifique a figuré au sommaire d'une quantité impressionnante d'anthologies du genre, mais c'est en France qu'a paru son seul recueil de nouvelles. Il s'est essayé plusieurs fois au roman, mais sa puissance s'exerce vraiment dans ces pièces plus courtes, où il s'impose comme un des grands auteurs de l'horreur moderne.

Tessier (Thomas) : *Fantôme* (*Phantom*, 1983 — Belles Lettres)

Lorsque Ned avait cinq ans, il a vu sa mère frôler la mort, une nuit, à cause d'une grave attaque d'asthme. De cette scène et de l'impuissance de son père à conjurer le danger, l'imagination de Ned a tiré la leçon que les fantômes étaient là, que lui et sa famille ne survivaient que selon leur bon vouloir et que, lorsqu'ils viendraient le chercher, rien ne pourrait les arrêter.

Quelques années plus tard, les parents de Ned déménagent à Lynnington, petite bourgade à l'écart de la grande ville. C'est l'été, et Ned met ses vacances à profit pour explorer Lynnington ; il se lie d'amitié avec deux vieillards un peu marginaux, enchantés de partager avec lui leur expérience en matière de pêche ou de braconnage.

Mais Ned est victime d'une agression dans son lit. Les fantômes sont de retour et, cette fois, ils s'attaquent à lui. Ned va résister, même si le combat semble sans espoir. Apprenant l'existence, en dehors de la ville, d'un ancien établissement thermal réputé hanté, il décide d'aller affronter les fantômes sur leur propre terrain.

Poète et écrivain, Thomas Tessier a signé de très curieux et très originaux romans fantastiques, avant de se tourner vers des thrillers plus psychologiques et souvent cruels : *L'Antre du cauchemar* (1987) ou *Cœur de brume* (1998), par exemple.

La grande particularité de *Fantôme*, c'est que ce roman fantastique, sous des dehors de roman à la Stephen King... ne contient sans doute aucun élément surnaturel, en dépit des apparences.

Si, en surface, la narration nous décrit un parcours initiatique, un combat mené contre des éléments surnaturels — canevas dont Stephen King a affiné la recette pour nombre d'auteurs qui l'ont suivi —, une lecture plus attentive laisse entrevoir que les fantômes qui traquent et harcèlent Ned ne sont que la transfiguration des premières atteintes de l'asthme par la vive imagination d'un enfant de dix ans.

Tessier mène d'une main ferme un récit que soutiennent des portraits justes, des personnages attachants, pour faire de *Fantôme* une grande réussite.

Tessier (Thomas) : *La Nuit du sang* (*The Nightwalker*, 1979 — J'ai lu)

Vétéran du Viêt-nam, Robert mène à Londres, grâce à sa petite pension, une existence de sourde insatisfaction, minée par des malaises diffus et des migraines qu'il soigne par le ginseng. Un jour, comme possédé, il précipite sa petite amie sous les roues d'un autobus.

Dès lors, malgré ses velléités de résistance et les efforts d'une voyante qui l'a pris en pitié, il va peu à peu sombrer dans des crises où, en état second, il est consumé par une fureur bestiale.

Comme il allait attaquer sous un angle nouveau le mythe du fantôme dans son roman éponyme, Tessier traite ici du thème du loup-garou. Il le débarrasse du folklore classique et laisse planer le doute sur la nature des crises qui s'emparent de plus en plus souvent de son protagoniste. Folie schizophrène qui serait une résurgence de la guerre ? Effets secondaires des adjuvants pourtant anodins — du ginseng — qu'il absorbe sans cesse ? Cette approche intérieure permet de suivre la dégradation psychologique de Robert, rendue plus poignante et plus terrifiante par la vanité de ses efforts pour repousser l'animal qui le submerge peu à peu.

Une approche novatrice et très intéressante d'un des grands sujets classiques du fantastique.

Tuttle (Lisa) : *Le Nid* (*A Nest of Nightmares*, 1986 — Denoël, « Présence du fantastique »)

La nuit, dans la maison, un homme en noir s'empare des poupées qui traînent pour les dévorer ; une créature furtive se construit un nid de papiers dans le grenier d'une demeure en mauvais état ; une amie d'enfance oubliée, peut-être imaginaire, vient quêter un peu de réconfort dans l'espace anonyme d'un aéroport.

Lisa Tuttle joue avec une finesse considérable sur des menaces insidieuses, d'autant plus troublantes qu'elles ne sont pas toujours agressives. « C'est trop facile de déclarer : *cet individu est mauvais il faut le tuer, c'est un monstre, il faut l'éliminer*, explique-t-elle. Je préfère dire : *oui, c'est un monstre, mais même les monstres ont des sentiments*. L'horreur, c'est que pour le monstre, l'être humain est un monstre, lui aussi. »

En affrontant le monstre, l'étranger, les personnages de Tuttle découvrent souvent une autre part d'eux-mêmes, qu'ils rejetteront ou adopteront, selon les cas. Un état d'esprit que l'on pourrait symboliser par la carte du Tarot représentant un squelette occupé à faucher. Bien qu'on l'appelle en général la Mort, son sens profond est celui du changement.

Lisa Tuttle a également composé plusieurs romans fantastiques, en particulier l'excellent *Gabriel* (1987), qui joue de façon fascinante avec l'ambiguïté de son intrigue, soutenue jusqu'à la dernière page. Elle a poursuivi cette même thématique du face-à-face avec l'autre dans de remarquables romans de science-fiction.

Valéry (Francis) : *L'Erreur de France* (1997 — Klaatu / Éditions de l'Agly)

Un écrivain séjourne à Belle-Isle pour y composer un scénario pour la télévision. Il entame le dialogue avec son personnage principal. Au fil de ses fantasmes et de ses souvenirs, le temps et la réalité se brouillent, et il songe à cette amie avec laquelle il collectionnait les îles, et qui a disparu dans des circonstances mystérieuses...

Difficile de résumer ce court roman qui mêle dans une intrigue subtile la plupart des sujets favoris de l'auteur : Simenon, l'Afrique, les îles... Le lecteur, d'un paragraphe au suivant, glisse d'une enquête mettant en jeu l'*Erreur de France*, célèbre et précieuse rareté philatélique, à un roman réaliste ou à des rêveries sur une Afrique mythique.

Francis Valéry, auteur plus connu dans le domaine de la science-fiction, aborde le fantastique depuis une dizaine d'années, par le truchement de belles nouvelles implantées à Bordeaux au tournant des années soixante-dix, et publiées dans la revue *Ténèbres*. Ce mélange d'autobiographie et de fantastique, qu'on pourrait rapprocher de celui que réussissait Fritz Leiber à la fin de sa vie, s'imprègne fortement d'un superbe climat, nostalgique plutôt qu'horrifique. Une orientation peu courante dans le fantastique français, qui mériterait d'être mieux connue par un recueil.

Comme ces nouvelles, *L'Erreur de France* raconte un jeu avec et sur le souvenir, une recréation du réel à partir de la mémoire et une jouissance sur les images en dépit de leur amertume. Les transitions par glissades successives accentuent encore l'aura onirique de l'ouvrage.

Wagner (Karl Edward) : Nouvelles (1983-1994)

Karl Edward Wagner avait entamé une carrière de médecin, avec une spécialisation en psychiatrie, quand il l'abandonna pour se lancer dans l'écriture. Bien que surtout connu pour ses livres d'*heroic fantasy* dans la lignée des **Conan** de Howard, mettant en vedette Kane, l'ambitieux sorcier immortel, ou pour des pastiches de Conan et de Bran Mak Morn, Wagner avait également une passion pour l'horreur — passion d'ailleurs reflétée dans les anthologies annuelles ***Year's Best Horror Stories***, qu'il dirigea longtemps chez l'éditeur américain Daw Books.

Ses nouvelles ont été publiées en trois recueils : *In a Lonely Place* (1983), *Why Not You and I?* (1987) et *Exorcisms and Ecstasies* (1998). Jouant souvent sur la dimension psychologique de l'horreur, il décrit des héros et héroïnes qui s'enlisent et perdent tous leurs repères, s'exposant aux attaques d'un passé fatal. Si la protagoniste de « The River of Night's Dreaming » (titre emprunté à l'une des chansons du *Rocky Horror*

Show[1]) s'engloutit dans la mer et un flot d'hallucinations engendrées par des réminiscences du *Roi de jaune vêtu* (1895) de Chambers, celle de « Beyond Any Measure » (encore une citation du *Rocky Horror Show*) se trouve broyée par une effroyable (et très originale) confluence entre réincarnation et immortalité. Dans « Kudzu », le développement anarchique (et authentique) d'une plante japonaise qui envahit peu à peu le sud des États-Unis masque une autre menace. « Sous les pins » voit son protagoniste remâcher sa vie détruite jusqu'à s'abandonner à l'étreinte du passé. « Les bâtons » s'inspirent de la manie qu'avait le dessinateur Lee Brown Coye de semer ses illustrations de bâtons croisés comme motifs décoratifs et content la résurgence d'une secte ancienne qui hante encore certaines régions des États-Unis.

Trop tôt disparu, Wagner possédait un style évocateur, souvent sensuel, qui ne dédaignait pas l'excès. Lors de la controverse entre les tenants du *splatterpunk* et ceux de l'horreur tranquille, il déclara : « En dépit du fait que je n'écris que du Gothique sous Acide, votre bienveillant serviteur a été répertorié comme un membre influent des deux camps, ce qui me ramène à mes commentaires […] sur la sottise des étiquettes. » Son amour pour les *pulps*, qui transparaît dans des nouvelles

---

1. Pièce de théâtre puis film culte de Jim Sharman (1975), où le Dr Frank-N-furter, travesti transsexuel venu de la planète Transylvania, œuvre à la création d'un être humain parfait, Rocky, qui a les apparences d'un culturiste blond et bronzé.

comme « Les bâtons », perce aussi dans ses choix d'éditeur : à l'enseigne de Carcosa, sa maison d'édition, il a réuni un volume des nouvelles de Hugh B. Cave, *Murgunstrum* (1977), et un de celles de Manly Wade Wellman, *Worse Things Waiting* (1973). En *fantasy*, il a été le principal artisan de la restauration des textes originaux de Howard sur **Conan**, que Lyon Sprague de Camp et Lin Carter avaient réécrits de façon extensive, et souvent critiquable.

Warner (Sylvia Townsend) : *Laura Willowes* (*Lolly Willowes*, 1926, Gallimard, « Folio »)

Alors que Laura Willowes a vingt-huit ans, son père meurt. Laura a toujours vécu en sa compagnie, dans la brasserie familiale, et se voit recueillie par la famille de son frère, où elle devient la bonne et dévouée « Tante Lolly ». Les années passent, des années de vie discrète et effacée.

Mais un jour, prise d'une soudaine inspiration après une visite chez un fleuriste, Tante Lolly annonce qu'elle va s'en aller vivre seule dans une bourgade campagnarde reculée, choisie au hasard dans un guide. Ignorant les protestations scandalisées de sa famille, Lolly s'installe et comprend alors l'origine de cette impulsion : elle est une sorcière.

Comme le personnage de Lolly Willowes elle-même, ce roman prend tranquillement le contrepied des idées reçues sur les sorcières — et même sur le fantastique. Ici, pas de sortilèges spectaculaires et, si le Diable s'empare de l'âme de Lolly, c'est davantage comme un chasseur ajoute une pièce à son tableau de chasse : pour le plaisir de la vénerie. D'ordinaire, l'intrusion fantastique se traduit chez un héros de roman par une perte des repères, une panique face aux changements de points de repère, une angoisse pour départager réalité et fantasmes. Rien de tout cela ici, où l'intrusion du fantastique marque un retour à l'ordre naturel des choses et instaure une véritable sérénité, le terme heureux d'une révolte paisible contre les aberrations de la bonne société.

Sylvia Townsend Warner a également signé d'excellentes nouvelles et une remarquable biographie de T. H. White, auteur d'une trilogie arthurienne fondatrice de la *fantasy* moderne.

Wheatley (Dennis) : *Les Vierges de Satan (The Devil Rides Out,* 1934 — NéO)

Le duc de Richleau est étonné. Il considère Rex van Ryn et Simon Aron comme deux fils, et voici que Simon ne paraît plus à leurs traditionnels repas. Les nouvelles que lui donne Rex ne le rassurent guère : Simon a délaissé son club et s'est acheté une maison retirée, en périphérie de Londres. Et on l'a vu en compagnie d'un certain Mocata, un individu à la redoutable réputation.

Une visite chez le jeune homme expose la terrible vérité : Simon fréquente des adeptes du satanisme, et n'ose plus s'en détacher, par crainte des conséquences.

Le duc, qui connaît les terribles dangers du satanisme, accepte d'aider le jeune homme à échapper aux griffes de Mocata. Mais il sait que cet adepte de la magie noire ne laissera jamais sa proie lui échapper sans réagir.

On ne peut pas dire que les romans de Dennis Wheatley échappent à tout reproche : ils renferment des relents de racisme et des idées politiques fermement réactionnaires. « Dennis Wheatley, dit de lui Ramsey Campbell, blâmait Satan pour tout ce qui menaçait son style de vie. » Il n'oubliait pas non plus de saupoudrer ses romans d'une légère couche d'érotisme, surtout à base de hauts à résille. La recette devait être bonne, puisqu'il a vendu ses livres à des millions d'exemplaires de par le monde. Il a signé un livre de référence sur le satanisme et chapeauté une collection de romans fantastiques.

Au-delà de toutes ces considérations, l'affrontement entre Mocata et le duc demeure très spectaculaire et l'action du roman fort distrayante, pour peu que l'on sache apprécier le charme désuet de certains de ses aspects.

Wilde (Oscar) : *Le Portrait de Dorian Gray (The Picture of Dorian Gray,* 1891 — Gallimard, « Folio classique »*)*

Le peintre Basil Hallward a mis beaucoup de lui-même dans le portrait d'un jeune homme dont la beauté l'a inspiré. Frappé par la toile, Lord Henry Wotton exige de voir le modèle. Dorian

Gray est bien tel que l'artiste l'a saisi sur la toile. D'une beauté incroyable, parfaite.

En contemplant l'œuvre, Dorian songe combien il préférerait que ce soit ce portrait qui soit condamné à vieillir, tandis que lui-même conserverait à jamais sa perfection de ce jour de juin. Il serait prêt à donner son âme pour un tel miracle.

Sous la tutelle décadente de Lord Henry, Dorian entame une carrière de débauche et de vice. Mais aucune des turpitudes auxquelles il s'adonne ne semble avoir prise sur lui.

Jusqu'au jour où Dorian constate que, s'il n'a pas changé, le portrait, lui, n'est plus le même.

Variation sur le pacte avec le Diable clairement inspirée par le *Dr Jeckyll et Mr Hyde* de Stevenson, *Le Portrait de Dorian Gray* se préoccupe lui aussi du décalage qui existe entre vie privée et vie publique, en y ajoutant des considérations sur un sujet qui tient particulièrement à cœur à Wilde, la pérennité de l'œuvre d'art. Le portrait que Dorian va dissimuler à tous, c'est son âme. Et si la surface peut faire illusion un moment, l'âme finira par prévaloir et par exposer son existence comme la fausse œuvre d'art qu'elle est : une coquille vide et ignoble, rattrapée par le temps qu'elle espérait tromper.

Parmi les œuvres fantastiques de Wilde, disons également un mot de sa nouvelle classique, *Le Fantôme des Canterville* (1887) : en mettant en scène une famille américaine au matérialisme solide qui achète une propriété anglaise hantée par un terrifiant fantôme ancestral, Wilde ridiculise avec malice les clichés et les conventions de l'histoire de fantômes, telle qu'elle se pratiquait à l'époque, dans une histoire qui, au-delà de sa volonté de satire, possède en propre un grand charme.

Williams (Charles) : *La Guerre du Graal* (*War in Heaven*, 1930 — Terrain vague)

Un cadavre parfaitement anonyme est retrouvé, gisant de tout son long dans un des bureaux d'une petite maison d'édition londonienne sans histoires, ou presque : elle publie parfois des livres d'occultisme, une marotte du père de l'éditeur actuel.

On se prépare d'ailleurs à sortir le nouvel ouvrage de l'occultiste sir Giles Tumulty. Une dernière correction sur épreuves doit faire sauter un paragraphe révélant que le Saint Graal se trouve dans la paroisse anglaise de Fardles. Mais le hasard veut que l'archevêque de Fardles lise le paragraphe avant correction.

Il sait désormais qu'il détient le Saint Graal. Or, certains initiés sont prêts à employer la plus noire des magies pour s'en emparer.

Les Inklings, cercle d'écrivains de Cambridge qui comprenait C. S. Lewis, J. R. R. Tolkien et Charles Williams, avaient conçu le projet de traiter d'idées chrétiennes dans le cadre de genres populaires : Lewis conterait un voyage dans l'espace, Tolkien remonterait dans le temps. L'un écrivit la trilogie SF de ***Perelandra*** (1938-1945), l'autre, perdant quelque peu de vue le projet de départ un tantinet propagandiste, signa *Le Seigneur des anneaux* (1954-1955).

Charles Williams[1] va se charger du domaine policier et signer plusieurs livres, en particulier une trilogie assez lâche de romans métaphysiques, dont seule *La Guerre du Graal* a été traduite en français. Les deux autres sont *Many Dimensions* (1931) et *Descent into Hell* (1937).

Le résultat offre un curieux et prenant mélange de merveilleux chrétien et de roman fantastique populaire. Si le protagoniste de *La Guerre du Graal*, l'archevêque de Fardles, évoque un peu le père Brown de Chesterton, par la foi candide et inébranlable qui l'anime, Williams décrit de façon très impressionnante le côté noir des forces dressées contre lui, les maléfices mis en œuvre par ses adversaires, la volonté délétère et terroriste de leur action, que l'on suive les péripéties d'une nuit de sabbat par les yeux d'un initié, ou que l'on découvre le mécanisme d'un piège occulte mortel qui guette les imprudents.

Et si l'archevêque symbolise le versant doux et bon du christianisme, Williams ne néglige pas pour autant le bras vengeur de Dieu, représenté par l'intervention du prêtre Jean en personne, dont l'apparition est d'autant plus saisissante, dans le cadre infiniment anglais du roman.

Les ambitions didactiques du discours vis-à-vis

---

1. À ne surtout pas confondre avec son homonyme américain, le Charles Williams qui a écrit, entre autres, *Fantasia chez les ploucs*.

de la religion catholique, clairement exprimées, ne gâtent en rien le plaisir de lecture.

Wilson (F. Paul) : *La Forteresse noire* (*The Keep*, 1981 — J'ai Lu)

1941 : un détachement de soldats allemands stationnés en Roumanie garde le col de Dinu, passage d'importance stratégique. Ils occupent, malgré les conseils des habitants du lieu, une forteresse qui se dresse là. Une forteresse à l'architecture étrange, comme si elle avait davantage été conçue pour empêcher quelqu'un d'en sortir que pour retenir les ennemis extérieurs. Peu après, Berlin reçoit une lettre qui demande de l'aide : « Quelque chose assassine mes hommes. » Un major SS, Kaempffer, est dépêché sur les lieux avec des renforts. Il a une réputation d'efficacité, prouvée par sa façon de gérer un temps le camp d'Auschwitz.

Mais les meurtres continuent, de façon incompréhensible, et Kaempffer décide de faire venir Theodor Cuza, un spécialiste juif du folklore roumain, qui pourrait identifier la nature du péril lâché dans la forteresse.

Et au Portugal, un homme roux a soudain senti qu'il devait se rendre en Roumanie, traverser une bonne partie de l'Europe en guerre, en espérant ne pas arriver trop tard.

Wilson mène d'une main ferme un thriller horrifique, épiçant, de façon originale et prenante, le mythe du vampire de relents lovecraftiens (le roman est dédié à H. P. Lovecraft, R. E. Howard et C. A. Smith). Particulièrement intéressants sont les conflits moraux qui agitent les personnages : Molasar, l'être mystérieux captif de la forteresse ; Woermann, un vétéran de l'armée allemande qui ne combat plus que par sens du devoir ; Kaempffer, le SS sadique dans toute son horreur ; et Cuza, qui voit en Molasar une arme possible contre les SS. Seule légère réserve sur ce livre, l'histoire d'amour, qui s'y développe de façon parfois un peu trop sucrée.

Pour l'anecdote, signalons que le roman a été adapté au cinéma en 1983 par Michael Mann, dont c'était le premier film. Wilson n'a pas dû apprécier le résultat (sévèrement tronqué par les producteurs), puisqu'une de ses nouvelles postérieures, «Cuts», décrit la vengeance d'un auteur, qui lance un sortilège vaudou contre un metteur en scène.

Woolrich (Cornell) : *Les Yeux de la nuit* (*Night Has a Thousand Eyes*, 1945 — Gallimard, «Carré noir»)

Sauvée de justesse du suicide par le détective privé Tom Shawn, la belle Jean Reid lui avoue les raisons de son désespoir : un médium dont tout laisse supposer qu'il possède d'authentiques pouvoirs de voyance a prédit à son père qu'un lion le tuerait, et a même précisé à quelle date.

Shawn va déployer tous ses efforts pour empêcher la prédiction de se réaliser et exposer au grand jour la supercherie. Mais les délais pour réussir sont courts, très courts. Et peut-on réellement lutter contre le destin ?

Cornell Woolrich, ou William Irish pour employer son pseudonyme le plus connu, est un immense écrivain de roman noir. *Noir* étant d'ailleurs la couleur qui le définit le mieux, tant par la récurrence de synonymes de ténèbres et d'ombre dans les titres de ses œuvres — *La mariée était en noir* (1940), *J'ai épousé une ombre* (1950), etc. — que par sa vision du monde. L'oppressante fatalité qui règne dans ses œuvres n'est pas loin de l'horreur, mais le surnaturel n'intervient que dans quelques romans et nouvelles.

Suspense implacable, mené de main de maître, *Les Yeux de la nuit* sont un de ses chefs-d'œuvre.

INDEX DES AUTEURS
ET DES RÉALISATEURS

ACKROYD, Peter, 90, 193
ADDAMS, Chas, 113
AGAPIT, Marc, 75, 91, 92
AICKMAN, Robert, 74, 93, 94
AKINARI, Ueda, 22
AMIS, Kingsley, 95
ANDREVON, Jean-Pierre, 75, 85
ANSTEY, F. (GUTHRIE, Thomas Anstey, dit), 47, 215
APEL, Johann August, 26
APOLLONIOS DE TYANE, 20
APULÉE, 17
ARGENTO, Dario, 146
ASQUITH, Cynthia, 43
AULNOY, Mme d', 23
AUSTEN, Jane, 37
AYMÉ, Marcel, 36, 58, 61, 68, 92, 97, 98

BACH, Jean-Sébastien, 108
BACON, Roger, 20
BAIRD, Edwin, 62
BALZAC, Honoré de, 29, 30, 196
BARBEY D'AUREVILLY, Jules, 36
BARKER, Clive, 83, 98, 99, 100, 196
BARRIE, James Matthew, 43
BAUDELAIRE, Charles, 33, 34
BEAUMONT, Charles, 69, 70, 100, 101, 102, 133, 138
BECKFORD, William, 23
BEHM, Marc, 103, 104
BENSON, Edward Frederick, 43
BERGAL, Gilles, 86
BERGIER, Jacques, 65
BIERCE, Ambrose, 55
BISHOP, Michael, 65

243

BLACKMUR, R. P., 199
BLACKWOOD, Algernon, 41, 49, 50, 52, 73, 104, 105, 153, 204
BLAKE, William, 90
BLATTY, William Peter, 76
BLAVATSKY, Helena, 49
BLISH, James, 106
BLOCH, Robert, 14, 62, 64, 66, 69, 87, 101, 107, 108
BOOTHBY, Guy, 46
BORGES, Jorge Luis, 108, 109
BOUCHER, Anthony, 66, 101, 110
BOULGAKOV, Mikhail, 111, 112
BOUQUET, Jean-Louis, 75
BOWEN, Marjorie, 43
BRADBURY, Ray, 62, 69, 70, 101, 112, 113, 114, 133, 138
BRANT, Sebastian, 19
BRENCHLEY, Chaz, 115, 116
BRENNAN, Joseph Payne, 54
BRITE, Poppy Z., 82, 116, 117
BRITTEN, Benjamin, 158
BROWN, Charles Brockden, 31
BROWN, Fredric, 66, 118, 143, 198
BRUSS, B. R., 75
BRUSSOLO, Serge, 85

BRUTSCHE, Alphonse, 75
BULWER-LYTTON, Edward, 39
BURROUGHS, Edgar Rice, 168
BURTON, Tim, 31, 189
BYRON, Lord, 24, 26

CAILLOIS, Roger, 11, 12
CALLOT, Jacques, 27
CAMPBELL, Eddie, 191, 192
CAMPBELL, John Wood, 65, 66, 68, 110
CAMPBELL, Ramsey, 65, 74, 78, 82, 94, 119, 120, 226, 235
CAMUS, Albert, 189
CARNÉ, Marcel, 68
CARR, John Dickson, 121, 122
CARROLL, Jonathan, 81, 120, 123, 124, 196
CARROLL, Lewis, 118, 183
CARTER, Lin, 233
CAVE, Hugh Barnett, 62, 233
CAZOTTE, Jacques, 23
CERVANTÈS, Miguel de, 109
CHABON, Michael, 125
CHAMBERS, Robert William, 55, 63, 232
CHAMISSO, Adelbert von, 25
CHANDLER, Raymond, 152

CHAPPELL, Fred, 127
CHAUCER, Geoffrey, 18
CHAUMETTE, Jean-Christophe, 86
CHESBRO, George Clark, 54
CHESTERTON, Gilbert Keith, 48, 49, 122, 128, 129
CHETWYND-HAYES, Ronald, 74
CLAIR, René, 67
COISNE, Gérard, 92
COLERIDGE, Samuel Taylor, 24, 81, 137
COLLINS, Nancy, 208
COLLINS, Wilkie, 39
CONAN DOYLE, Arthur, 38, 41, 42, 45, 46, 104
CORMAN, Roger, 101
CORMIER, Robert, 129, 130
COYE, Lee Brown, 232
CRAWFORD, Francis Marion, 56, 130, 131
CROWLEY, Aleister, 49, 61

DARRIEUSSECQ, Marie, 88
DAVIES, Robertson, 124, 196
DEFOE, Daniel, 16
DERLETH, August, 65
DESCARTES, René, 57
DICKENS, Charles, 37, 38, 60, 61, 90, 91, 204
DOCTOROW, Edgar Laurence, 152
DORÉMIEUX, Alain, 75
DUGUËL, Anne, 132
DUMAS, Alexandre, 30, 197
DUNSANY, Lord, 63, 132, 133
DYALHIS, Nictzin, 62

EDDISON, Eric Rucke, 99
EDDY, C. M. Jr, 62
EDOGAWA, Rompo, 34
EISNER, Will, 126
ELIOT, George, 40
ELIOT, Thomas Stearns, 33
ELLISON, Harlan, 133, 134, 135
ERCKMANN-CHATRIAN, 30
ETCHISON, Dennis, 78, 80, 102, 135, 136

FAIVRE D'ACIER, Jeanne, 86
FARRIS, John, 80, 136, 137
FAULKNER, William, 24
FÉVAL, Paul, 30
FINNEY, Charles, 138, 139
FINNEY, Jack, 76, 139, 140
FLANDERS, John, 60, 204
FORTUNE, Dion, 49, 53
FOWLER, Christopher, 141, 142
FREUD, Sigmund, 48
FREUND, Karl, 45
FROST, Mark, 152

GAIMAN, Neil, 25, 200, 201

GAINES, William M., 70
GALLAGHER, Stephen, 142, 143
GARTON, Ray, 81
GASKELL, Elizabeth, 40
GAUTIER, Théophile, 29, 44, 56, 147
GHELDERODE, Michel de, 60
GOETHE, Johann Wolfgang von, 25, 29
GOGOL, Nicolas, 28
GOURMONT, Rémy de, 36
GRANT, Charles Lewis, 80, 87, 143, 144
GRIMM, Jacob & Wilhelm, 25, 26, 27, 31, 37
GRIMWOOD, Ken, 144, 145

HALL, Alexander, 68
HARRIS, Thomas, 87, 146, 147
HARTLEY, Leslie Poles, 43, 72
HAWTHORNE, Nathaniel, 31, 32, 63
HEARN, (Patricio) Lafcadio, 22, 56, 147, 148
HEINE, Heinrich, 29
HEMMINGS, Davis, 83
HERBERT, James, 54, 83, 149, 150
HERON, E. & H. (Pritchard, Hesketh & Pritchard, Kate), 52
HICHENS, Robert Smythe, 41
HITCHCOCK, Alfred, 73, 108
HJORTSBERG, William, 151, 152
HOBLIT, Gregory, 143
HODGSON, William Hope, 43, 52, 152, 153, 154
HOFFMANN, Ernst Theodor Amadeus, 27, 28, 34
HOGG, James, 27, 37
HOWARD, Robert Erwin, 12, 62, 64, 231, 233, 239
HUGO, Victor, 30
HUTSON, Shaun, 150
HUYSMANS, Joris-Karl, 36

IRISH, William, 241
IRVING, Henry, 219
IRVING, Washington, 31

JACKSON, Shirley, 71, 154, 155, 156, 179
JACOBS, William Wymark, 44
JAMES, Henry, 41, 42, 56, 59, 79, 156, 157, 221
JAMES, Montague Rhodes, 41, 59, 63, 141, 158
JONES, Stephen, 220
JOYCE, Graham, 84, 159, 160
JOYCE, James, 214

KAFKA, Franz, 59, 160, 161
KANE, Gil (KATZ, Eli, dit), 126
KEATS, John, 137
KELLER, David Henry, 62
KING, Stephen, 41, 73, 76, 77, 79, 80, 84, 87, 114, 150, 162, 163, 164, 179, 186, 188, 221, 223, 227
KIPLING, Rudyard, 44
KIRBY, Jack (KURTZBERG, Jacob, dit), 126
KLEIN, Theodore Eibon Donald, 81
KNEALE, Nigel, 73
KNIGHT, Harry Adam, 150
KNIGHT, Stephen, 191
KOONTZ, Dean, 78
KOTZWINKLE, William, 165
KREMER, Raymond Marie de, 60
KUBRICK, Stanley, 76
KUTTNER, Henry, 62

LA MOTTE-FOUQUÉ, Friedrich de, 25, 27
LANE, Joel, 84
LANG, Andrew, 47
LANSDALE, Joe, 81, 87, 147, 166, 167, 168
LAUN, Friedrich, 26
LEE, Vernon, 40
LE FANU, Joseph Sheridan, 39, 52
LEIBER, Fritz, 41, 64, 66, 69, 78, 101, 114, 158, 168, 169, 170, 171, 230
LEPRINCE DE BEAUMONT, Mme, 22
LERMONTOV, Boris, 28
LEROUX, Gaston, 57
LEVEL, Maurice, 36
LEVIN, Ira, 76
LEWIS, Clive Staples, 72, 237
LEWIS, Matthew Gregory, 24
LIGNY, Jean-Marc, 172
LIGOTTI, Thomas, 82
LINDSAY, Joan, 173, 174
LOÈVE-VEIMARS, François-Adolphe, 28
LOGÉ, Marc, 148
LONG, Frank Belknap, 64, 65
LORRAIN, Jean, 36
LOTI, Pierre, 147
LOVECRAFT, Howard Phillips, 55, 62, 63, 64, 65, 66, 74, 78, 83, 101, 107, 131, 133, 167, 171, 175, 176, 177, 183, 204, 239
LUBITSCH, Ernst, 68
LUCIEN DE SAMOSATE, 16
LUMLEY, Brian, 65, 83

MACHEN, Arthur, 41, 49, 50, 177, 178, 222

MAETERLINCK, Maurice, 60
MALLARMÉ, Stéphane, 34
MANN, Michael, 240
MARASCO, Robert, 178
MARE, Walter de la, 43
MARLOWE, Christopher, 20
MARSH, Richard, 45
MARTIN, George Raymond Richard, 180, 181, 182
MASTERTON, Graham, 83, 182, 183
MATHESON, Richard Burton, 54, 69, 70, 101, 133, 184, 185, 194
MATHESON, Richard Christian, 185
MATHURIN, Charles, 24, 29
MATSON, Norman, 67
MAUPASSANT, Guy de, 33, 34, 35, 36, 40
MAURIER, Daphné du, 73
MAURIER, George du, 73, 146
MCCAMMON, Robert, 80, 185, 186
MCCAULEY, Kirby, 78, 94
MCCULLERS, Carson, 24
MCDOWELL, Michael, 9, 80, 187, 188, 189
MCILWRAITH, Dorothy, 68
MEADE, L. T., 52
MELLIER, Denis, 11
MELVILLE, Hermann, 19, 161

MÉRIMÉE, Prosper, 30
MERRITT, Abraham, 62
MEYRINK, Gustave, 19, 59, 190, 191
MIZOGUCHI, Kenji, 22
MOLIÈRE, 20
MOLINA, Tirso de, 20
MONTELEONE, Thomas, 137
MOORE, Alan, 91, 191, 192
MOORE, Catherine Lucille, 62
MORRIS, Harry O., 190
MORRISON, Toni, 88
MOZART, Wolfgang Amadeus, 27
MUNN, Harold Warner, 62
MURGER, Henry, 193
MURNAU, Friedrich Wilhelm, 59, 163

NATHAN, Robert, 193, 194
NERVAL, Gérard de, 29
NESBIT, Edith, 40, 48
NEWMAN, Kim, 194, 195, 220
NODIER, Charles, 25, 29
NOLANE, Richard D., 85

OATES, Joyce Carol, 88
OFFENBACH, Jacques, 28
ONIONS, Oliver, 42
ORWELL, George, 161
OWEN, Thomas, 61

PAGEL, Michel, 85, 196, 197
PALMA, Brian de, 58, 80, 137
PAUWELS, Louis, 65
PELOT, Pierre, 75, 224
PERRAULT, Charles, 22
PERUTZ, Leo, 197, 198
PLATON, 202
PLINE LE JEUNE, 16
POE, Edgar Allan, 32, 34, 35, 63, 65, 82, 107, 176, 198, 199, 204
POLIDORI, John William (Dr), 26
POTOCKI, Jan, 24
POUCHKINE, Alexandre, 28
POWELL, Michael, 68
POZZUOLI, Alain, 46, 220
PLUNKETT, Edward John Moreton Drax, 133
PRATCHETT, Terry, 200, 201
PRIEST, Christopher, 201, 202
PU SONGLING, 16, 22

QUENOT, Catherine, 86
QUIGNARD, Pascal, 88
QUINN, Seabury, 53

RADCLIFFE, Ann, 23
RAY, Jean, 60, 75, 203, 204, 205
REAMY, Tom, 138
RENARD, Christine, 197, 205, 206
RENARD, Maurice, 58
RICE, Anne, 79, 206, 207, 208, 216
RIMBAUD, Arthur, 34
ROEG, Nicolas, 73
ROHMER, Sax, 46, 53
ROSNY AÎNÉ, Joseph-Henri, 57
ROSZAK, Theodore, 120, 208, 209
ROYLE, Nicholas, 84
RUAUD, André-François, 12
RUELLAN, André, 75
RYAN, Alan, 209, 210

SADE, Donatien Alphonse François, 107
SAINT-ANDRÉ, Alix de, 211, 212
SAND, George, 36
SCHOW, David, 81
SCHWOB, Marcel, 36
SEIGNOLLE, Claude, 36, 212, 213
SELF, William, 213
SERLING, Rod, 70, 101
SHADWELL, Thomas, 21
SHAKESPEARE, William, 21, 137
SHARMAN, Jim, 232
SHAW, George Bernard, 195

SHEA, Michael, 65
SHELLEY, Mary, 26, 219
SHELLEY, Percy Bysshe, 26
SHIEL, Matthew Phipps, 65
SHOLDER, Jack, 143
SIMMONS, Dan, 82
SIMON, Joe, 126
SINCLAIR, Iain, 91, 193
SKIPP, John, 81
SMITH, Clark Ashton, 62, 64, 65, 240
SMITH, Michael Marshall, 84, 149
SMITH, Thorne, 67, 140, 170, 214, 215
SOBRA, Adrien, 92
SOMTOW, S. P., 207, 215, 216
SPECTOR, Craig, 81
SPIELBERG, Steven, 185
SPIES, Johann, 20
SPRAGUE DE CAMP, Lyon, 233
STAËL, Mme de, 28
STEEMAN, Stanislas André, 205
STEINER, Kurt, 75
STERNBERG, Jacques, 75
STEVENSON, Robert-Louis, 38, 47, 217, 236
STOKER, Bram, 45, 46, 52, 76, 78, 131, 162, 163, 195, 218, 219, 220
STRAUB, Peter, 79, 220, 221, 222, 223

STRIEBER, Whitley, 79
SUE, Eugène, 30
SUCHARITKUL, Somtow, 216
SURAGNE, Pierre, 75, 223, 224
SÜSKIND, Patrick, 224
SVANKMAJER, Jan, 34
SWINBURNE, Charles Algernon, 34

TEM, Steve Rasnic, 74, 225
TENNYSON, Alfred Lord, 137
TESSIER, Thomas, 226, 227, 228
TODOROV, Tzvetan, 11, 181
TOLKIEN, John Ronald Reuel, 12, 72, 202, 237
TOPOR, Roland, 75
TOURNEUR, Jacques, 141, 158
TRAVIS, Tristan, 81, 137
TRYON, Thomas, 76
TUTTLE, Lisa, 155, 181, 229
TWAIN, Mark, 55

VALÉRY, Francis, 57, 65, 230
VALÉRY, Paul, 34
VAN DRUTEN, John, 67
VERNE, Jules, 33, 57
VIALATTE, Alexandre, 161
VILLIERS DE L'ISLE ADAM, 33, 34
VIRGILE, 20
VUILLEMIN, 168

WAGNER, Karl Edward, 55, 231, 232
WAGNER, Richard, 58
WAITE, Arthur Edward, 49
WALPOLE, Horace, 23
WALTHER, Daniel, 85
WANDREI, Donald, 65
WARD, Philippe, 86
WARNER, Sylvia Townsend, 233, 234
WEGENER, Paul, 59
WEIR, Peter, 175
WELLMAN, Manly Wade, 54, 62, 233
WELLS, Herbert George, 46, 57, 153
WHEATLEY, Dennis, 54, 72, 185, 234, 235
WHITE, Edward Lucas, 44
WHITE, Terence Hanbury, 234
WHITEHEAD, Henry, 62

WILDE, Oscar, 14, 40, 47, 235, 236
WILLIAMS, Charles, 72, 237, 238
WILLIAMS, Tennessee, 24, 62
WILSON, Colin, 219, 220
WILSON, Francis Paul, 239, 240
WINTER, Douglas E., 78, 99
WISE, Robert, 156
WOOLRICH, Cornell, 240, 241
WRIGHT, Farnsworth, 62, 68

YARBRO, Chelsea Quinn, 207
YEATS, William Butler, 49
YOURCENAR, Marguerite, 197

ZOLA, Émile, 127, 196

INDEX DES TITRES*

Abuseur de Séville et le convive de pierre (L'), 20
Adorable voisine (L'), 68
Affaire Charles Dexter Ward (L'), 175, 176, 183
After Silence, 123
Agence tous crimes, 91, 92
Agonie de la lumière (L'), 181
Ainsi vivent les morts, 213, 214
À la dérive au large des îlots de Langerhans latitude 38°54 N longitude 77°00'13" » W, 134
À l'aube des ténèbres, 67
Aleph (L'), 109
Alice au pays des merveilles, 118, 183

All Heads Turn When the Hunt Goes By, 136
A Matter of Life and Death, 68
Amazing Adventures of Kavalier and Clay (The), 125
American Gods, 201
Âmes perdues, 117
Ami Roderick (L'), 108
Ancient Images, 119
A Nest of Nightmares, 229
Âne d'or (L'), 17, 21
Ange à la fenêtre d'Occident (L'), 59
Ange et le réservoir de liquide à freins (L'), 211
Angel Heart, Le sabbat dans Central Park, 151

---

* Les titres en italique indiquent des romans, recueils, films, revues ou séries télévisées.
Les titres en italique gras indiquent des cycles.
Les titres en caractères romains indiquent des nouvelles.

Annales du Disque Monde (Les), 201
Anno Dracula, 194, 195
Anthologie du fantastique, 11
Antipodes (Les), 196, 197
Antre du cauchemar (L'), 227
Apocalypses, 98
Appel de Cthulhu (L'), 204
Architecte assassin (L'), 90, 91, 193
Archives des anges, 212
Armageddon Rag, 180, 181, 182
Armageddon Rag (The), 180
Arpenteur de mondes (L'), 86
Assommoir (L'), 127
Au-delà de nos rêves, 184
Aurélia, 29
Autre (L'), 76
Astounding Science Fiction, 65, 68
Atlantic Monthly (The), 61
Aventures d'Arthur Gordon Pym (Les), 33
A Victim of Higher Space, 105

Ballet de sorcières, 67, 101, 168, 169
Baron rouge sang (Le), 196
Bartleby le scribe, 161
Bâtons (Les), 232, 233
Beckoning Fair One (The), 42
Beetlejuice, 189
Bell, Book and Candle, 67
Belle et la Bête (La), 58, 182
Beloved, 88
Beyond any Measure, 232
Bibliothèque de Babel (La), 109
Bid Time Return, 184
Bird's Nest (The), 156
Bishop's Wife (The), 194
Black Easter, or Faust Aleph-Null, 106
Black House, 79, 223
Blackwater, 188
Blackwood's Magazine, 61
Blanc comme la nuit, 86
Blind Voices, 138
Books of Blood, 98
Bon-Bon, 199
Bowmen (The), 50
Boy's Life, 185
Brass Bottle (The), 48
Brumes de Babylone (Les), 188
Bugs, 143
Burning Court (The), 121
Burnt Offerings, 178
Bye bye, Blackbird, 209

Ça, 162
Cabal, 100

Cabinet du Dr Caligari (Le), 59
Cadavre et la chandelle (Le), 66
Camp du chien (Le), 105
Canots du Glen Carrig (Les), 44, 153
Cantatrice (La), 58
Cape (La), 66
Captured by the Engines, 168
Car la vie est dans le sang, 130
Car la vie est dans le sang, 131
Carmilla, 40, 52
Carnacki et les fantômes, 153
Carrie, 76
Carte (La)
Cartographie du merveilleux, 12
Cast a Cold Eye, 209, 210
Catacombs, 137
Cauchemar à louer, 86
Cauchemar d'Innsmouth (Le), 127
Cauchemar de sable, 187, 188
Celui qui hantait les ténèbres, 64
Cercle infernal (Le)
Chambre ardente (La), 121, 122
Chambre rouge (La), 34
Chant de Kali (Le), 82
Chapeau melon et bottes de cuir, 141
Charles Beaumont, Selected Stories, 102
Chat noir (Le)
Château (Le), 161
Château d'Otrante (Le), 23
Chenille rose (La), 111
Chevalier Ténèbre (Le), 30
Chose dans les algues (La), 44
Christabel, 81
Ciel peut attendre (Le), 68
Cinquième dimension (La), 182
Circus of Dr Lao, 138
Cirque du Dr Lao (Le), 138, 139
Cœur de brume, 227
Cœur moite et autres maladies modernes, 85
Cœur révélateur (Le), 33, 199
Colline des rêves (La), 178
Comédie inhumaine (La), 196
Comment le professeur Guildea rencontra l'amour, 41
Compartiment Terreur, 83
Compleat Werewolf (The), 110

Compleat Werewolf (The), 66
Complete Ghostly Tales of M. R. James (The), 158
Comte de St-Germain, vampire (Le), 207
Conan, 12, 231, 233
Confessions d'un linceul, 98
Conjure Wife, 168
Conspiration des fantômes (La), 54
Contemplations (Les), 30
Conte du vendeur d'indulgences (Le), 18
Contes, 28
Contes à la manière de Callot, 27
Contes cruels, 34
Contes d'Hoffmann (Les), 28
Contes de Canterbury (Les), 18, 133
Contes de la fée verte, 116
Contes de la lune vague après la pluie, 22
Contes de l'étrange, 16, 22
Contes de terreur, 107
Contes du whisky (Les), 203, 204
Contes fantastiques, 30
Corps (Le), 163
Couchette du dessus (La), 131
Couleur tombée du ciel (La), 64

Counterparts, 84
Crâne du marquis de Sade (Le), 107
Creuse, 143
Culte secret, 105
Cuts, 240
Cutting Edge, 78

Dagon, 127
Dagon : le Dieu-poisson, 127
Dame de pique (La), 28
Dame en blanc (La), 39
Dark Country (The), 135
Dark Fantastic (The), 99
Dark Forces, 78, 94
Dark Gods, 81
Darkside, 136
Dead in the West, 166
Dead of Light, 115
Dead Zone, 164
Dead Zone (The), 164
De bons présages, 200
Déesse écarlate (La), 86
De l'Allemagne, 28
Démon (Le), 28
Démon de la perversité (Le), 199
Derniers jours de Pompéi (Les), 39
Derniers sacrements (Les), 102
Descent into Hell, 238
Descente dans le Maelström, 33

255

Désirs cruels, 196
Devil Rides Out (The), 234
Devil, You Say ? (The), 101
Diable amoureux (Le), 23
Diable à quatre (Le), 196
Diable aux trousses (Le), 141, 142
Diaboliques (Les), 36
Différentes saisons, 163
Dis-moi qui tu hantes, 54, 83
Dispossession, 115, 116
Dit du vieux marin (Le), 24
Djinn (Le), 183
Docteur Nikola, 46
Domaines de la nuit (Les), 135
Dominicain blanc (Le), 59
Dom Juan, 20
Don (Le), 201
Double assassinat rue Morgue, 33
Double vie de Théophraste Longuet (La), 57
Dracula, 46, 52, 76, 162, 218, 219, 220
Dracula, 220
Dragon flottant (Le), 222
Dragon rouge, 146, 147
Dr Faustus, 20
Dr Nikola, 46
Duel, 185

Écailles, 81, 136, 137
E.C. Comics, 70, 77, 126
Écharpe (L'), 108
Échiquier du mal (L'), 82
Éclipse (L'), 129, 130
Elementals (The), 187
Élixir de longue vie (L'), 29
Elle qui chevauche les tempêtes, 181
Encore un whisky, Mr Jorkens ?, 132
Énéide (L'), 20
Enfant arc-en-ciel (L'), 120
Enfants du rasoir (Les), 166, 167
Enfer du rêve (L'), 159
Entonnoir de cuir (L'), 41
Entretien avec un vampire, 206, 216
Épouvante et surnaturel en littérature, 63
Equinox (The), 61
Ernestus Berchtold, ou le nouvel Œdipe, 26
Erreur de France (L'), 230, 231
Esprit de la chose (L'), 143
Et l'ombre coule dans ses veines...*, 143
Étrange cas du Dr. Jekyll et de Mr. Hyde (L'), 47, 48, 217, 236
Étrange histoire de Pierre Schlemihl (L'), 25

Étranger (L'), 189
Étranger mystérieux (L'), 55
Exorcisms and Ecstasies, 231
Exorciste (L'), 76
Extraits du journal d'une adolescente, 94

Fade, 129
Faiseur d'épouvantes (Le), 183
Faiseur de lunes (Le), 55
Falling Angel, 151
Famille Addams (La), 113
Fantasia chez les ploucs, 238
Fantasmagoriana, 26
Fantôme, 226, 227
Fantôme de fumée, 67, 114
Fantôme de l'opéra (Le), 58
Fantôme des Canterville (Le), 14, 40, 236
Fantômes et farfafouilles, 119
Farfafouilles (Les), 66
Fata Morgana, 165
Faust, 25, 29, 58, 59
Fée aux miettes (La)
Fées sont parmi nous – une enquête inédite (Les), 42
Fevre Dream, 182
Ficciones, 108
Fiction, 60, 66, 75, 95
Fictions, 108

Filles du feu (Les), 29
Fils de la nuit éternelle, 80, 137
Fin de Satan (La), 30
Five Children and It, 48
Flammes de la nuit (Les), 197
Fléau (Le), 186
Flicker, 120, 208, 209
Fluke, 150
Foire des ténèbres (La), 112, 113, 138
Fondeur de boutons (Le), 171
Fontana Book of Great Ghost Stories (The), 74
Force hideuse (La), 144
Forteresse noire (La), 239
Frankenstein, ou le Prométhée moderne, 26, 219
Free Dirt, 102
From Hell, 91, 191, 192
From Poe to Valéry, 33
From the Dust Returned, 113
From the Teeth of Angels, 123
Fury, 80, 137

Gabriel, 229,
Gamin qui dessinait des chats (Le), 149
Gaston de Blondeville, 23
Géant invisible (Le), 46, 220
Géant invisible (Le), 46, 220

Gespensterbuch, 26
Ghost Book, The, 43
Ghost Story, 79, 220, 221
Ghost Stories of an Antiquary, 41
Glace et le feu (La), 182
Glamour (The), 201
Golem (Der), 190
Golem (Le), 59, 190
Good Omens, 200
Grand Dieu Pan (Le), 50, 177, 178, 222
Grand escroc (Le), 19
Grand nocturne (Le), 204
Great Fire of London (The), 90
Great God Pan (The), 177
Green Man (The), 95
Grimscribe : His Life and Works, 82
Guerre des mondes (La), 46
Guerre du chocolat (La), 130
Guerre du Graal (La), 237, 238

Habits noirs (Les), 31
Hache (La), 107, 108
Hamlet, 21
Hangsaman, 156
Hannibal, 147
Hantise, 156
Hara Kiri, 167, 168
Harper's Monthly, 61

Harry Dickson, 60, 204, 205
Haunting of Hill House (The), 154
Hawksmoor, 90
Hellraiser, 100
Here Comes Mr Jordan, 68
Heure du loup (L'), 80, 186
Hidden (The), 143
Histoires de fantômes complètes, 158
Histoires extraordinaires, 198
Historia von Johann Faustus, 20
Homme du souterrain (L'), 74
Homme qui collectionnait Poe (L'), 107
Homme qui rétrécit (L'), 184
Homme vert (L'), 95, 96
Horla (Le), 35, 40
Horrible Imaginings, 171
Horror 100 Best Books, 220
House on the Borderland (The), 152
House on the Strand (The), 73
Household Words, 61
How the Dead Live, 213
Howling Man (The), 101
Hughes le Loup, 30
Human Chord (The), 49
Hypérion, 82
Hypnose, 184

Ice Maiden (The), 103
Idler (The), 61
Île panorama (L'), 34
Images anciennes, 119, 120
Imajica, 100
In a Lonely Place, 231
Intercepteur de cauchemars (L'), 159, 160
Interview with the Vampire, 206
Introduction au fantastique, 11
Invasion des profanateurs (L'), 140
Irrintzina, 86
Italien, ou le confessionnal des pénitents noirs (L'), 23

J'ai épousé une ombre, 241
Jack the Ripper : The Final Solution, 191
Je suis une légende, 184
Jésus-Christ en Flandre, 29
Jeu de la damnation (Le), 100
Jeune homme, la mort et le temps (Le), 184, 193
Jeune maître Brown (Le), 32
John Silence, 49, 52
John Silence, 104, 105, 153
John Silence, Physician Extraordinary, 104
John the Balladeer
Joyau des sept étoiles (Le), 45
Jugement des larmes (Le), 196
Juif errant (Le), 30
Julia, 221
Julius LeVallon, 49
Jument verte (La), 61, 68
Jusqu'au bout de nos rêves

Keep (The), 239
Koko, 79, 222
Kolchak : dossiers brûlants, 54
Krucifix, 86
Kudzu, 232
Kwaidan, 22

Là-bas, 36
Là-bas et ailleurs, 100, 102
Lamia, 81, 137
Lance (La), 150
Lapidaire (Le), 58
Laura Willowes, 233
Légende des siècles (La), 30
Légende du Val Dormant (La), 31
Légion perdue (La), 44
Leningrad Nights, 160
Lettre écarlate (La), 32
Libro de arena (El), 108
Lien maléfique (Le), 79

Ligeia, 32
Light Errant, 115
Ligne verte (La), 162, 188
Liste des Sept (La), 152
Littérature fantastique (La), 11
Livre de sable (Le), 108
Livre de sable (Le), 108
Livre de sang, 98
Livres de sang (Les), 83, 98, 99
Locataire chimérique (Le), 75
Lolly Willowes, 233
Lot n° 249, 45
Loterie (La), 71, 156
Loved Dead (The), 62
Loving Spirit (The), 73
Lukundoo, 44
Lyrica, 137

Macbeth, 21
Machine à assassiner (La), 58
Machine à eau de Manhattan (La), 152
Machine à explorer le temps (La), 57, 153
Machine aux yeux bleus (La), 133, 134
Madame Veal, 16
Mademoiselle, 70
Ma femme est une sorcière, 67

Magasin d'antiquité (Le), 38
Magazine of Fantasy and Science Fiction (The), 66
Magic Cottage (The), 150
Magic Man (the), 138
Magician of Mandchuria (The), 139
Magie noire, 86
Main de gloire (La), 29
Mains d'Orlac (Les), 58
Maison au bord du monde (La), 152, 153, 154
Maison aux esprits (la), 39
Maison aux sept pignons (La), 32
Maison de la sorcière (La), 64
Maison des damnés (La), 184
Maison du diable (La), 156
Maison hantée, 71, 154, 155, 179
Maison interdite (La), 79
Maître des illusions (Le), 100
Maître du Jugement dernier (Le), 197
Maître et Marguerite (Le), 111, 112
Malédiction (La), 200
Malédiction d'Arkham (La), 101
Malédiction de la Gorgone (La), 205
Malle sanglante (La), 36

Malpertuis, 203, 205
Malvenue et autres récits diaboliques (La), 212, 213
Mangeur de rêves (Le), 147
Manitou, 182
Manitou (The), 182
Mante au fil des jours (La), 197, 205
Manuscrit trouvé à Saragosse (Le), 25
Man who Drew Cats (The), 149
Man who Was Thursday : A Nightmare (The), 128
Many Dimensions, 238
Mare au diable (La), 36
Mariée était en noir (La), 241
Marie la Louve, 213
Marion's Wall, 139
Marque de la bête (La), 44
Marquis de Bolibar (Le), 198
Marriages, 221
Mary Rose, *43*
Ma sorcière bien-aimée, 67
Masque de la Mort Rouge (Le), 32, 199
Master i Margarita, 111
Mater Tenebrarum, 92
Matières grises, 152
Matin des magiciens (Le), 65
Meister des Jüngsten Tages (Der), 197

Melmoth, l'homme errant, 24
Melmoth réconcilié, 29
Mémoires d'un pécheur justifié (Les), 26
Meneur de loups (Le), 30
Messager (Le), 73
Metahorror, 78
Métamorphose (La), 60, 160
Metzengerstein, 32
Midnight Examiner, 165
Mille et un fantômes (Les), 30
1984, 161
Miracle du manguier (Le), 198
Miroir de Satan (Le), 183
Miss Gentilbelle, 102
Model (The), 93
Moine (Le), 23
Momie (La), 45, 79
Monde d'en haut (Le), 141
Monkton le fou, 39
Monstres de l'espace (Les), 74
Moon, 150
Morsure de l'ange (La), 123
Mort blanche (La), 210
Mort dans l'Ouest (La), 166, 167
Mort peut danser (La), 172, 173
Mort, sa vie, son œuvre (La), 98

Morte amoureuse (La), 29
Mortelle randonnée, 103
Mosses from an Old Manse, 32
Mr Murder, 79
Mr X, 79, 223
Murgunstrum, 233
Mystère Magazine, 60
Mystères de Paris (Les), 31
Mystères du château d'Udolphe (Les), 23
Mystère du lac (Le), 185, 186
Mystery, 79
Mythe de Cthulhu (Le), 63, 64, 176

Narnia, 72
Narrenschiff (Das), 19
Necronomicon (Le), 55
Nef des fous (La), 19
Némésis du feu (La), 105
Ne pariez jamais votre tête au diable, 199
Nevermore, 151, 152
Ne vous retournez pas, 73
Ne vous retournez pas, 73
New Ones (The), 66
New Terrors, 78, 94, 226
New-Yorker (The), 71
Nid (Le), 229
Night Has a Thousand Eyes, 240
Night Life of the Gods (The), 67, 215

Night of the Eagle, 101
Night of the Jabberwock, 118
Nightrunners (The), 166
Nightside, 88
Nightwalker (The), 228
Nommé Jeudi : un cauchemar (Le), 48, 128
Northanger Abbey, 37
Nosferatu, 163
Notre-Dame des Ténèbres, 78, 158, 170
Notre vénérée chérie, 178, 179
Nous avons toujours habité le château, 71, 156
Nouvelles Mille et une Nuits (Les), 38
Nuées ardentes, 196
Nuit de la Saint-Jean (La), 28
Nuit de Walpurgis (La), 19
Nuit du Jabberwock (La), 118, 198
Nuit du sang (La), 228

October Country (The), 112
Ogresse (L'), 196, 197
Oiseau de mort (L'), 134
Oiseaux (Les), 73
Oiseaux (Les), 73
Oktober, 143
Oliver Twist, 37
Ombre du Manitou (L'), 183

Ombres sur la route, 225
Once, 151
Ondine, 25, 27
Orientales (Les), 30
Others, 150
Our Lady of Darkness, 170
Outremer, 116

Pall Mall Magazine (The), 61
Pâques noires, 106
Parfum (Das), 224
Parfum (Le), 224
Part des ténèbres (La), 73
Partie de pêche, 226
Passe-muraille (Le), 97
Passeport pour les étoiles, 57, 65
Passionate Witch (The), 67, 169
Patte de singe (La), 44
Pays de la nuit (Le), 154
Pays d'octobre (Le), 112, 114
Peau de chagrin (La), 29
Peau de l'orage (La), 223
Pegãna, 133
Perelandra, 72, 237
Peter Ibbetson, 73, 145
Petite fille aux araignées (La), 132
Peur (La), 35
Phantom, 226
Phantom of the Paradise, 58

Picnic at Hanging Rock, 173
Picture of Dorian Gray (The), 235
Pierre de lune (La), 39
Pierre Ménard, auteur du Quichotte, 109
Pirates fantômes (Les), 44, 153
Playboy, 101
Portrait de Dorian Gray (Le), 47, 183, 235, 236
Portrait de Jennie (Le), 193
Portrait du mal (Le), 183
Portrait of Jennie, 193
Poupée sanglante (La), 58
Prédateurs (Les), 79
Premiers hommes dans la lune (Les), 57
Prime Evil, 78
Prison de chair, 98
Procès (Le), 161
Proies de l'ombre (Les), 143
Psychomech, 83
Psychose, 14, 66, 87, 108, 146
Puits et le pendule (Le), 33, 34

Quand tous les enfants m'appelleront, 143
Quatermass and the Pit, 73
Quatrième dimension (La), 70, 101
Quelque part dans le temps, 185

263

Raising Demons, 71
Rats (Les), 83
Rats (Les), 150
Rats (The)
Red Bride, 142
Red Dragon, 146
Rendez-vous avec la peur, 141, 158
Replay, 144
Requiem, 160
Retour à la maison (Le), 70
Retour de Marion Marsh (Le), 139
Revanche de Manitou (La), 183
Revenants de l'ombre (Les), 85
Rêves égarés, 160
Ring of Toth (The), 45
Rip van Winkle, 31
River of Night's Dreaming (The), 231
Rocambole, *31*
Rocky Horror Show (The), 231, 232
Rogue, 101
Roi de jaune vêtu (Le), 55, 232
Roman de la momie (Le), 45
Rouge flamenco
Royaume des Devins (Le), 100

Ruelle ténébreuse (La), 204
Rune, 141

Sa bouche aura le goût de la fée verte, 117
Salem, 76, 162, 163, 186, 221
Salem's Lot, 162
Sales blagues (Les), 168
Sang d'encre, 117
Saules (Les), 50, 105
Saxophone Dreams
Scarabée (Le), 45
Scars and Other Distinguishing Marks, 185
Scènes de la vie de bohème, 193
Schalken le peintre, 39
Seigneur des Anneaux (Le), 72, 202, 238
Seins de glace (Les), 184
Semence du démon (La), 78
Sepulchre, 149
Sépulcre, 149
Shadowland, 222
Shadows, 80, 144
Sherlock Holmes, 38, 51
Sherman, 85
Shining / L'enfant-lumière, 76, 163
Siegfried, 58
Siffle et je viendrai, 158
Signaleur (Le), 38
Silence des agneaux (Le), 87, 147

Six messies (Les), 152
Sleepy Hollow, 31
Smarra, 29
Smoking Poppy, 160
Snulbug, 111
Something Wicked This Way Comes, 112
Songs of a Dead Dreamer, 82
Sorcière de Prague (La), 56, 131
Sorcière, ma sœur, 159
Sortilège, 141, 158
Sortilèges et métamorphoses, 104
Sous les pins, 232
Sphinx des glaces (Le), 33
Storm Watcher (The), 160
Strand, 61
Strange Case of Dr Jeckyll and Mr Hyde (The), 217
Styx coule à l'envers (Le), 82
Sur l'écriture, 163
Survivant (Le), 83
Swamp Foetus, 116
Swan Song, 186
Sylvana, 196

Tales of the Grotesque and Arabesque, 33, 198
Talisman des territoires (Le), 79, 223
Tamara, 28
Tarzan's Lost Adventure, 168
Témoin du mal (Le), 143
Tempête (La), 137
Temple de fer (Le), 205
Ténèbres, 230
Tengu, 183
Territoires de l'inquiétude, 75, 102
Thé vert, 40
They Thirst!, 186
Thrill Book (The), 62
Tlön Uqbar Orbis Tertius, 109
Toby Jugg, le possédé, 72
Tooth Fairy (The), 159
Toplin, 189
Topper, 67, 140, 214
Torture par l'espérance (La), 34
Tour d'écrou (Le), 42, 156, 157
Tous les matins du monde, 88
Travel Tales of Mr Joseph Jorkens (The), 132
Travelling Grave (The)
Trilby, 29, 73
Trois imposteurs (Les), 50, 178
Truismes, 88
Tu as beaucoup changé, Alison, 221

Turnabout, 67
Turn of the Screw (The), 156

Ugetsu monogatari, 22
Uhu (Le), 204
Un bébé pour Rosemary, 76
Un conte de Noël, 38
Un fou ?, 35
Un habitant de Carcosa, 55
Un jour ordinaire avec des cacahuètes, 156
Une affaire de sorciers, 54
Une course d'enfer, 98
Une invasion psychique, 105
Une voix dans la nuit, 153
Unknown, 65, 66, 68, 101, 110, 169

Valentine, 217
Vallée des lumières (La), 142, 143
Valley of Lights, 142
Vampire Junction, 207, 215, 217
Vampyre (Le), 26
Vanitas, 217
Vathek, 23
Vaudou, 66
Vengeance de Nitocris (La), 62
Vénus d'Ille (La), 30
Véritable histoire, 16
Verwandlung (Die), 160

Vice Versâ, 47
Vierge de glace (La), 103
Vierges de Satan (Les), 72, 185, 234
Ville-vampire (La), 30
Visage de feu (Le), 75
Visage vert (Le), 59
Visites de fantômes, 157
Visiteurs du soir (Les), 68
Volupté du sang (La), 208
Votre dévoué Jack l'éventreur, 108
Vouivre (La), 97
Voyage de Simon Morley (Le), 76, 140
Voyages extraordinaires, 33, 57

Wandering Ghosts, 56
War in Heaven, 237
We are For the Dark, 74
Weird Tales, 53, 62, 65, 68
Wendigo (Le), 50, 105
We Print the Truth, 111
Why Not You and I?, 231
Wieland, 31
Wildwood, 137
William Wilson, 199
Wine-Dark Sea (The), 93
Witches of Lancashire (The), 21
Wolfen, 79
Worse Things Waiting, 233
W. S., 73

X-Files (The), 54, 144, 147
Xipéhuz (Les), 57

Year's best Horror Stories, 231
Yellow Book (The), 61

Yeux de la nuit (Les), 240, 241
Yonder, 100
Yoro si, 172, 173

Zanoni, 39
Zeppelins West, 168

Liminaire : quelques bornes 11

Une histoire du fantastique 15
1) Sources & origines 16
2) L'ère du gothique 22
3) Premiers effrois 24
4) La passion selon E. T. A. Hoffmann 27
5) Le Romantisme français 28
6) Ombres d'Amérique 31
7) Maupassant et la fin du siècle en France 34
8) Victoria et ses fantômes 37
9) L'heure des fantômes 40
10) L'empire assiégé 43
11) Corps et âmes 47
12) Les chasseurs d'angoisse 51
13) Ombres en creux 54
14) Descartes encerclé 57
15) The Unique Magazine 61
16) Le silence des espaces infinis m'effraie 63
17) Les années de guerre 65
18) L'horreur au quotidien 69
19) À l'est, rien de nouveau ? 72

20) Le Diable et le Roi	76
21) Les enfants de l'horreur	77
22) Un roc dans la tourmente	84
Une fin du fantastique ?	86

Guide de lecture

89

Index des auteurs et des réalisateurs   243

Index des titres   252

Composition Interligne.
Impression Société Nouvelle Firmin-Didot.
à Mesnil-sur-l'Estrée, le 19 avril 2002.
Dépôt légal : avril 2002.
Numéro d'imprimeur : 59571.

ISBN 2-07-041873-1/Imprimé en France.

99876